AF156097

CAMILA FABBRI

DANCING QUEEN

Roman

Aus dem Spanischen
von Susanne Lange

Hanser

Die spanischsprachige Originalausgabe
erschien 2023 unter dem Titel *La reina del baile*
bei Editorial Anagrama, Barcelona.

Zitatnachweis:
S. 5: ABBA, »Dancing Queen« (1976), Musik & Text:
Bjoern K. Ulvaeus, Benny Goran Bror Andersson, Stig Erik Leopold
Anderson © Universal/Union Songs Musikforlag AB /
Universal Music Publishing AB / Universal Music Publishing GmbH.
S. 5: Kenneth Koch, »Variations on a theme by
William Carlos Williams«, in *Thank you and other poems* (1962).
S. 45: Joaquín Giannuzzi, »No hay nadie«, in *Apuestas en lo oscuro* (2000).
S. 77, 153: Roy Orbison, »Running Scared« (1961), Monument 438.
S. 98: X F. R. David, »Words« (1982), Carrere Records.

1. Auflage 2024

ISBN 978-3-446-28182-0
© Camila Fabbri, 2023
Published in agreement with Casanovas & Lynch Literary Agency
Alle Rechte der deutschen Ausgabe
© 2024 Carl Hanser Verlag GmbH & Co. KG, München
Wir behalten uns auch eine Nutzung des Werks für Zwecke
des Text und Data Mining nach § 44b UrhG ausdrücklich vor.
Umschlag: Designbüro Lübekke Naumann Thoben, Köln
Motiv: © vectorfusionart
Satz: Greiner & Reichel, Köln
Druck und Bindung: GGP Media GmbH, Pößneck
Printed in Germany

MIX
Papier | Fördert
gute Waldnutzung
FSC
www.fsc.org   FSC® C014496

Friday night and the lights are low
Looking out for the place to go
Where they play the right music, getting in the swing
You come in to look for a king
Anybody could be that guy
Night is young and the music's high
With a bit of rock music, everything is fine
You're in the mood for a dance
And when you get the chance
You are the Dancing Queen, young and sweet.
ABBA

Letzten Abend waren wir tanzen,
und ich brach dir das Bein.
Verzeih. Ich war ungeschickt,
ich wollte dich bei mir in der Klinik,
ich bin der Arzt!
KENNETH KOCH

1.

BELASTUNGSSPORT

»Psst, Paulina. Bist du bei uns?«

Ich bekomme das rechte Auge kaum auf und spüre etwas Dünnes, Spitzes, das sich in meinen Augapfel frisst. Könnte der Schnabel einer Ringeltaube sein. Mir scheint, die Hornhaut blutet, vielleicht auch die Pupille. Ich weiß nicht, bin mir nicht sicher. Mein Wortschatz in Sachen Sehvermögen ist begrenzt. Dem Licht nach würde ich sagen, es ist Nacht, da steigen rot-gelbe Lichter hinter den Gebäuden auf, aber auch das weiß ich nicht genau. Ich sehe gerade mal den dürren Zweig eines Baums über der Motorhaube. Mit dem Gehirn sende ich ein Signal, aber mein Rumpf gehorcht nicht, der Hals dagegen schon. Ich löse den Nacken vom Fahrersitz, eine Glaskaskade rieselt nieder und sammelt sich um meinen Hintern wie um ein Lagerfeuer. Ein paar Splitter bohren sich mir in die Pospalte. Der Schmerz ist echt. Was ich für einen Vogel gehalten hatte, der mir ins Auge pickt, ist in Wirklichkeit Glas, das Verbundglas, das ich letztes Jahr in zwölf zinslosen Monatsraten abbezahlt habe. Diese Handlungen, die sich als kleine Heldentaten aufspielen.

Der Rumpf gehorcht immer noch nicht, klebt weiter am Kunstleder und unter dem Sicherheitsgurt, als wäre ich ein Dummy, wie sie ihn bei Crashtests benutzen. Das Autoradio ist auf einen Sender eingestellt, den es gar nicht geben kann. Abertausend Stimmen von Frauen, Männern, Kindern sind zu hören. Dazwischen Werbung. Ab und an blitzt ein klares Wort auf wie »Inflation«, »Dollar«, manchmal sind es auch mehrere hintereinander wie »Rua-Supermarkt«, »Fuku-Seife«, »Immer noch mit Sorge wird die Zunahme von«.

Meine Brust brennt, ich höre das Herz kaum schlagen. Ein allzu zaghaftes Pochen. Wie kurz vor dem Verschwinden.

»Psst, hörst du mich? Nicht totstellen, Paulina.«

Die Stille hat wohl mit der Uhrzeit zu tun, da draußen ist es allzu ruhig. Ich werde warten müssen, dass mich jemand holt. Jetzt fließt mir eine warme Flüssigkeit aus dem Ohr. Das kann vieles bedeuten, nichts Gutes, nichts Gesundes. Mir ist kalt, die Kinnlade zittert. Ich habe einmal von der Kälte gehört, die man vor dem Sterben spürt, aber ich könnte schwören, was ich hier mache, ist lebendig sein. Ich weiß nicht, wohin ich unterwegs war oder woher ich komme. Weiß rein gar nichts.

Ich möchte schreien, Felipe!, bringe aber keinen Ton heraus. Nicht nur die Brust brennt, auch die Kehle fühlt sich heiß an, und mein BH scheint ein Spatzennest zu sein. Als wären da nur Federn drinnen. Seit ich die Augen geöffnet habe, überfallen mich Vogelimpressionen. Von irgendwas im Auto wird mir schlecht, oder ist das eine allergische Reaktion?

Eins sehe ich jetzt deutlich. Auf der Windschutzscheibe ist eine Art Ölfleck oder so ein Muster, als hätte jemand in eine Wasserpfütze geschlagen, die Wellen wirft und dann wie gemalt wirkt. Da, am unteren Rand, ganz winzig, bemerke ich einen Fleck, zwischen Kaffeebraun und Bordeauxrot. Das Blut ist von mir. Auch wenn es sich kein bisschen von all dem fremden Blut unterscheidet, das mir bisher untergekommen ist, ich weiß, es stammt von mir. Ich sehe ihm seine DNA von Weitem an. Wie ramponiert ist das Auto! Jetzt ist es beliebiger Schrott und war eben noch ein geliebtes Objekt, zumindest ein geschätztes. Wer erbarmt sich der zerbeulten Autos? Das Herz zersplittert mir, wenn ich es so sehe.

Stille.

Ich erkenne weiße, unversehrte Turnschuhe an mir, die ich zum hysterischen Lachen zweier Radiomoderatorinnen angezogen hatte. Die Jeans, die mir zu groß ist, und die grauen Tabakpäckchen. So schlecht steht es also doch nicht um mein Gedächtnis, nein, nein. Kein Alzheimer, kein geschädigtes Gehirngewebe. Ich habe etwas anderes. Die Zweige da vor mir könnten auch Neuronen sein und der Sprung in der Windschutzscheibe eine Endloskette von Synapsen. Wie gut bin ich im Hervorbringen von Symptomen. Wie geschärft ist mein Gehör für Beschwerden, egal welche, für alle zusammen. Das Auge tut höllisch weh, nur einen Hauch bin ich davon entfernt, die Sehkraft zu verlieren.

Ich bewege minimal den Hals, und das Panorama wird gelb. Nur hören kann ich klar, und was da kommt, ist das Fjumm der ersten Böe an diesem Tag. Ein Hund läuft um das Auto herum und stützt die Vorderpfoten an mein Fenster. Er sieht mich an und hechelt; aus seinem Mund tropft der typische Säugetiergeifer. Er macht mir das Auto ganz dreckig. Sicher weiß er, dass da drinnen eine sterbende Kreatur ist, oder

der Geruch des Blutes lockt ihn an. Natürlich, Tiere. Ob Hai oder Hund, ganz egal. Weg da, Miststück, würde ich ihm am liebsten sagen. Du Köter aus dem Slum. Los, leck an was schön Dreckigem. Glotz mich nicht so solidarisch an, du willst mir doch bloß das Blut vom Auge schlecken, als wäre es Wassereis. Wärst du mein Hund, ich würde dich im Dunkeln in der Küche einsperren. Ah, wie wenig Phantasie habe ich für das Böse. Immer noch sehe ich gelb. Hinter mir höre ich es ganz leise atmen. Ich kann den Hals nicht drehen. Vermutlich ist er gebrochen, und in dem Fall äschern sie mich ein oder versenken mich in der Erde, in einer Holzkiste mit einem silbrigen Christus drauf. Ich blicke hoch, so weit ich kann, so weit meine Position es zulässt, dieser rettende Gurt, dieser Zustand des Vegetierens. Ich sehe kaum, aber ich sehe. Da ist – schlafend oder ohnmächtig, tot wohl nicht – ein Mädchen um die fünfzehn. Sie trägt ein geblümtes Kleid und weiße Turnschuhe wie meine. Ich weiß nicht, wer sie ist, aber sie hockt da in meinem Auto und bewegt sich ebenfalls nicht. Was sie da wohl tut, es quält mich entsetzlich, dass ich in keiner Windung meines Kopfes ein Fädchen finde, an dem ich ziehen und herausbekommen könnte, wer diese Dünne mit den glatten Haaren ist, dieses verunglückte Wesen voller Leben. O Gott. Ich glaube nicht an Gott, sage aber ständig, O Gott oder Herrgott noch mal.

Ich weiß nicht, wie viel Zeit vergangen sein mag. Wir sind zwei Frauen, allein, die darauf warten, dass jemand kommt und ihnen Halskrausen anlegt. Wer ich bin, weiß ich, aber nicht, wer sie ist; mit meinem Gedächtnis ist es also doch nicht so weit her. Tief aus dem Magen kommt jetzt ein bitterer Geschmack hoch. Ich kotze über das Lenkrad. Ach, was habe ich für ein hübsches Auto. So neu und grau, Sitzbezüge vom Feinsten. Mit Airbag für alle Fälle, der nicht aufgegangen ist, mit Aschenbecher, Beifahrergriffen, Getränkehaltern, einem Player für CDs, DVDs, mp3, WiFi, Videos. Offensichtlich habe ich Geld, verdiene gut. Dann holt mich also ein privatärztlicher Notdienst. Es riecht intensiv nach Kotze. Ich versuche, die Herkunft der Duftwolke auszumachen, doch es gelingt mir nicht. Wieder der Bluthund, der die Scheibe durchbrechen möchte, um uns abzulecken. Widerlicher Blutsauger, wenn ich dich erwische, gibt's eins mit dem Knüppel.

»Paulina.« Die Fünfzehnjährige spricht. Sie wiederholt: »Paulina, Paulina, sind wir im Himmel?«

Ich kann mich nicht bewegen, weiß nicht, ob ich sitze, liege, sterbe. Paulina nennt sie mich. Ich erinnere mich nicht, dass ich je so genannt worden bin.

»Paulina, geht es dir gut? Geht es uns gut?«

Sie lacht. Sagt das mit dem Himmel und findet es wohl furchtbar witzig. Ich kann nicht antworten. Meine Stimme ist ein blutverklebtes Fädchen, als wäre ich eine Schildkröte, deren Inneres geplatzt ist. Diese Hausschildkröten, die vom Balkon fallen und Stunden später sterben, weil sich ihre Organe aufgelöst haben.

»Paulina. Bitte. Mein Kopf tut weh.«

Kein Wunder, Süße. Wir hatten gerade einen Unfall, und ich weiß nicht recht, warum. Ringsum sehe ich explodierende

Lichter, wie auf einer Bühne, doch noch immer kommt uns niemand holen.

»Paulina, ich habe Angst, mich zu bewegen.«

Aber natürlich, Herzchen. Ich kann dir bloß nicht antworten, denn bei der kleinsten Anstrengung platzt mir eine Ader im Gehirn. Ich höre, wie die Fünfzehnjährige sich das geblümte Kleid zurechtzieht. Niemand soll ihren Hintern sehen. Fein, nicht mal im verbeulten Zustand soll sich jemand auf diesen Teil ihres Körpers kaprizieren. Ich kann mich immer weniger bewegen, aber der Kopf hält nicht inne, er rauscht weiter, als weihte er eine Achterbahn ein. Auf und ab, die Fahrgäste sollen oben auf dem Gipfel die Erfahrung ihres Lebens machen und dann in Höchstgeschwindigkeit hinabsausen, das Herz-Kreislauf-System kann sehen, wie es mit solchen Mätzchen zurechtkommt.

»Paulina, ich steige aus. Gallardo ist draußen.«

Gallardo? Zu wem gehört jetzt dieser Name? Zum Hund? Ob das der verflixte Hund ist? Das Biest, das sich ein Unglück auf der Straße zunutze macht. Diese verwilderte Mischung aus Deutschem Schäferhund und Foxterrier. Soll den endlich jemand abmurksen.

Stille. Zu viel Stille.

Der Zweig, den ich sehen kann, schwingt nun hin und her. Wenn Wind aufgekommen ist, muss ihn etwas angetrieben haben. Wahrscheinlich geht der Tag zu Ende. Ich höre, wie die hintere Tür aufgeht. Jetzt schließt sie sich. Ein Hund springt vor Glück an einer Fünfzehnjährigen hoch, deren Haar endlos lang ist. Sehen kann ich sie nicht, nur hören, also stelle ich sie mir vor. Jetzt wird es dunkel vor meinen Augen, zwischen grau und schwarz. Ich klammere mich ans Grau, denn von der Farbe Schwarz in so einer Lage habe ich Schlechtes gehört. Vor einer Weile schon hätte ich mich verabschieden können, aber da bin ich noch. Mitsamt der Kälte. In meinem Peugeot mit Kotzegeruch und mit einer überlebenden Fünfzehnjährigen ohne Kratzer. Ich sehe, wie mir eine Haarsträhne auf das rechte Bein fällt. Dünn, aber doch ein ordentliches Büschel Haar. Das muss posttraumatischer Stress sein. Wieder wird mir übel. So leid es mir tut, ich bin noch da. Der Kopf nagt an mir wie ein Tierchen, von dem niemand recht weiß, was es ist. Mittelgroß, graubraun, mit steifen Flügelchen. Etwas zwischen Grille, Fliege und Stechmücke. Das Insekt redet unablässig auf mich ein, oder bin das etwa ich? Die Fünfzehnjährige schafft es, meine Tür zu öffnen, und blickt mir in die Augen. Untröstlich fängt sie zu heulen an, ihr Gesicht ist ein Matsch aus Rotz, Tränen und ihren Spuren. Ich betrachte sie, versuche wirklich, sie wiederzuerkennen, doch vergebens. Nicht die geringste Ahnung, wer dieses Wesen mit der Panikattacke ist. Sie versucht, meinen Sicherheitsgurt zu öffnen, und da wird mir klar, dass nichts an meinem Körper reagieren wird.

»Paulina!«

Die Unbekannte schreit auf, sagt meinen Namen, und gleich darauf ist der Wagen umringt von Männern und Frauen in Bürokleidung, die vielleicht gerade von der Arbeit kommen. Erst ein kahler Mann mit kräftigem Gebiss, dann eine Frau mit breiten Augenbrauen. Sie betrachten mich voll

Ekel und Mitleid. Ich begreife nicht, warum niemand etwas tut. Unablässig sendet mein Gehirn Befehle aus, doch vergebens. Nichts wird reagieren. Das junge Mädchen und die Frau mit den Augenbrauen beraten sich und sind schon mit einem Notruf beschäftigt. Der kahle Mann stellt mir Fragen, auf die ich nicht antworten kann. Ich kann kaum den Mund bewegen. Mein Rücken brennt, auch die Brüste. Der Mann blickt mir in den Ausschnitt und presst die Kiefer zusammen. Auch das muss ich noch über mich ergehen lassen.

2.

ES GIBT KEIN COMEBACK

Felipe schließt die Augen, weil er mich nicht sehen will. Er ist gleich so weit, das weiß ich, weil seine Lippen sich runzeln wie der Nabel einer Orange. Kräftig packt er mich beim Nacken, und ich sage, er soll das lassen, mir nicht die Haare ausreißen, Herrgott noch mal. Und er lacht. Felipe kommt auf meinem Bauch.

»Ich hole ein Handtuch«, sagt er.

Immer wenn er in schnellem Schritt hinausgeht, betrachte ich seinen unteren Rücken und den Hintern. Dabei muss ich an Statuen denken, die Gott weiß wen darstellen, in Parks, um die sich niemand schert. Er kommt mit einem Badetuch zurück, das ich am Morgen frisch aufgehängt hatte, das mit der Superheldin drauf. Er wischt oberflächlich herum, doch vergebens, der ölige Samen wird stundenlang dort kleben. Dann legt er sich noch einmal aufs Bett, damit sein Blutdruck sich wieder einpendelt, und umarmt mich dabei.

»Ich will nicht in dir kommen. Entschuldige.«

Schon in Ordnung, sage ich und denke an Kühe in einem Schlachthof. Felipe weiß nicht, wie er mir verständlich machen soll, dass er mich nicht mehr liebt, aber hin und wieder zu vögeln, tut uns gut. Wir sind ein dicker Haarknoten, der sich gerade auflöst.

»Habe ich dir schon erzählt?«

Nein, hat er nicht.

»Vom Nachbarn im sechsten Stock, dem Riesen mit dem Pekinesen. Weißt du, wen ich meine?«

Ja, weiß ich.

»Gestern hatte er einen Aussetzer. Psychotischer Schub nennt man das. Stundenlang hat er mit dem Hund geredet, ihn dann gebadet. Anschließend hat er klare Schnäpse mit Fernet, Cola und Bier gemixt, mit allem, was er im Kühlschrank hatte, und sich aufs Bett geworfen. Genau auf den Hund. Der wurde böse gequetscht. Letzten Donnerstag musste der Tierschutz kommen und den Hund mitnehmen.«

Ich frage, ob er das gesehen habe.

Nein, hat er nicht.

»Heute Morgen hat er einen neuen Welpen angeschleppt. Gleiche Rasse, gleiche Farbe. Weißt du, welchen Namen er ihm gegeben hat?«

Nein, weiß ich nicht.

»Comeback.«

Felipe steht vom Bett auf und lacht. Ich finde das nicht witzig. Mein nackter Körper verlockt ihn nicht mehr im Geringsten. Ich komme mir vor wie eine zerrissene Knetgummipuppe. Er umarmt mich, als gratulierte er mir zu einer Medaille bei einem Schulturnier. Dann eilt er davon, damit er nicht zu spät zu seinem Fußballspiel kommt. Ich höre den Nachbarn mit dem Welpen sprechen. Mit dieser Stimme bleibe ich besser nicht allein. Ich schalte den Fernseher an. Bei einem Wettbewerb soll ein Apfel halbiert werden, und zwar exakt. Keiner der Teilnehmenden, ob aus der Hauptstadt oder der Provinz, schafft es. Die Exaktheit ist ein Wahn.

Die Augen wollen mir zufallen, aber ich ignoriere sie. Noch will ich nicht schlafen. Ich streichele Gallardo, der heute Abend unruhig ist, immer wieder flackert sein Bellen auf, stört mich aber nicht. Draußen fahren zu viele Krankenwagen vorbei, und das macht ihn nervös. Ich gehe auf den Balkon und sehe nach, was da passiert sein kann. Gallardo kommt mit. Wie groß dieser Hund ist. Ich liebe ihn und könnte ihn dennoch an einen Pfosten vor dem Asia-Supermarkt binden und seinem Schicksal überlassen. Das werde ich nicht tun, aber ich könnte. Soll Gallardo zusehen, wie ich weggehe, soll er springen und jaulen, sich den Fellnacken an der Pfostenkette aufscheuern. Soll er traurige Stunden dort verbringen, bis sich jemand seiner erbarmt. Ein so großes Geschöpf in einer halb leeren Wohnung zu halten, ist nicht gerade handelsüblich. Aber nein, nein, nein, lieber Gallardito, das würde ich dir nie antun. Ich werde dich weiterhin ausführen, deine Haufen mit Plastikbeuteln aufsammeln und wasche dich zweimal im Monat in der Badewanne, denn der Hundesalon ist irre teuer. Aber bei mir schlafen darfst du nicht, denn ich gehöre nicht zu denen, die ihre Laken gern mit Hundehaaren tapezieren.

Gallardo und ich blicken durch das Balkongitter. Da unten versucht Felipe immer noch, in sein Auto zu steigen, schafft es aber nicht. Ich höre ihn fluchen. Der arme Enddreißiger ist und bleibt ein Achtjähriger mit Brille. Auch wenn er auf meinem Bauch kommt und böswillige Gleichgültigkeit verbreitet, ist er ein Knirps, der nicht weiß, was er tun soll, wenn er einen Schlüssel nicht findet. Über ihm oder weiter vorn, an der Ecke beim gemeinnützigen Krankenhaus: ein umgestürztes Fahrrad mitten auf der Kreuzung und ein Mädchen mit Helm, das die Beine leicht bewegt, wie ein halb zertretener Käfer. Sie lebt, natürlich lebt sie, um sie herum Krankenwagen. Gallardo bellt, weil er Felipe sieht, doch Felipe hat den Autoschlüssel inzwischen gefunden und macht sich aus dem Staub. Er hat alles entladen, was er in sich hatte, und kann jetzt Tore schießen oder sich bei einem angetäuschten Dribbling Richtung Tor das Knie brechen. Das Mädchen macht diese Arm- und Beinbewegungen, und drei Nonnen aus dem katholischen Krankenhaus an der Ecke kommen ihr zur Hilfe. Ja. Sie tragen weiße Nonnenkleider und helfen einem atheistischen Mädchen. Gallardo bellt weiter, ich sage, er soll still sein. Jetzt stört es mich doch. Ich befehle es ihm grob. Lächerlicher Hund. Das Mädchen setzt sich in einen Rollstuhl, und die drei Nonnen lassen ihre Hauben flattern, denn da wehen schon Herbstwinde. Jetzt beobachte nur noch ich den Fortgang des Unfalls. Sie wird sich etwas gebrochen haben, trägt morgen einen Gips und ihre Familie oder ihr Freund werden sie besuchen. Zum Glück hat sie einen Helm getragen, armes verlassenes Geißlein. Ich habe ein Auge für Unglücksfälle. Von allen erfahre ich, bin das beste Publikum für Szenen, die von Krankenwagen umgeben sind. Immer bin ich da, merke mir die Einzelheiten, sodass ich sie später erzählen kann.

Gallardo kringelt sich am Bettrand ein. Ich schmiere mir Aloe Vera auf die Lippen, damit sie nicht faltig werden. Fünfunddreißig bin ich schon, also muss ich so was tun. Ab einem bestimmten Punkt im Leben wird bei manchen der Kampf gegen ein Knittergesicht zur Hauptbeschäftigung.

»Gallardo, jetzt liebe ich dich, aber das wird nicht immer so sein.«

Der Hund wedelt mit dem Schwanz, und ich lösche das Licht. Denke an Comeback, den lächerlichen Welpen des Nachbarn mit den Schüben. Die Hunde schlafen, wir verlieren den Verstand.

Gute Nacht.

3.

GEFÜHL DES VERLASSENSEINS

Wenn ich mir um halb eins nichts in den Mund schieben kann, überkommt mich Mordlust. Die Zeit des Mittagessens ist mir heilig. Jeden Wochentag rufe ich um zehn nach eins Maite in der Buchhaltung an und sage Bescheid, dass ich unten an der Tür auf sie warte. Ich nutze die Mittagssonne, um die Welt von einem Pflanzkübel aus zu betrachten. Kurz darauf gehen wir gemeinsam durch überfüllte Straßen und fragen uns, wer wir einmal waren, was wir so alles gegessen haben, warum wir hier sind.

Maite ist ängstlich. Schon in früher Kindheit hatte sie jemand, vermutlich ihre Mutter, davon überzeugt, dass vor dem Überqueren der Straße ein Warten unterhalb der Bordsteinkante zwangsläufig dazu führe, von nahenden Objekten aller Art überfahren zu werden. Dass der Tod nichts anderes sei als das, was beim Hinabsteigen dieser Zementstufe passiere. Maite nimmt einen langen Schluck von ihrer Ingwerlimonade oder sonst einem Biozeug, das sie so mag. Fast immer trägt sie blasse Farben, die sie aussehen lassen, als leide sie unter Vitaminmangel. Ihr Kopf ist voll winziger Locken, die ein Webmuster bilden, das schwindlig macht, wenn man zu lange hinsieht. Sie ist siebenunddreißig, doch das glaubt ihr niemand, jeder zieht mindestens zehn Jahre ab. »Warum sollte ich mich älter machen, als ich bin?«, fragt sie mich fast jedes Mal, und ich finde keine Antwort darauf. Sie sieht aus wie ein trübsinniger Teenager. Nichts zu machen. Sie geht langsam, als hätte sie ständig Angst, eines Tages aus heiterem Himmel das Gleichgewicht zu verlieren, zu zerbrechen und sich nicht mehr rühren zu können, einfach so.

Sie fixiert mich mit diesem urtragischen Ausdruck, der ihr auf der Stirn geschrieben steht. Ein Sonnenstrahl hat es auf sie abgesehen. Irgendein nicht ganz so hoher Baum vor dem Lokal. Ich kann es nicht leugnen, dieses kleine Licht steht ihr gut, aber das sage ich ihr natürlich nicht. Diese rosige Empathie, die sich auf ihren Backenknochen sammelt, wenn sie etwas bewegt, würde ich nicht ertragen. Sie wartet darauf, dass ich meine Meinung zu dem Mann abgebe, der sie verlassen hat.

»Wahrscheinlich hast du irgendwas gesagt und gefällst ihm deshalb nicht mehr. Du redest ziemlich viel. Vielleicht hat sich sein Kopf verstopft, wie ein Abflussrohr am Klo«, sage ich und lache.

Mein Lachen schwillt langsam an wie ein Akkord. Hätte nicht gedacht, dass ich zur Mittagszeit so viel Sinn für Humor aufbringe. Aber Tatsache. Ich lache immer lauter. Öffne den Mund, lasse meine grünen Zähne blitzen, voller Brokkoli. Fast spucke ich das Essen wieder aus und lache immer noch. Maite sieht mich an. Sie ist ernst. Vier Frauen am Nebentisch, ganz ähnlich gekleidet wie wir, blicken ebenfalls herüber. Sie halten ihre Gabeln, als wären sie Modeschmuck. Ich hasse es, Aufmerksamkeit zu erregen, also kehre ich zum konsequenten Schweigen zurück. Dieses Schweigen, das nur ich mir aneignen kann. Maite verquirlt die Limonade zu weißer Grundierung und senkt den Blick. Sie weiß sehr wohl, dass ich nicht leichthin Ratschläge verteile, dass ich ihr immer Kontra geben werde, ihr und all ihren Männergeschichten. Sie weiß sehr wohl, dass wir Menschen meiner Ansicht nach keiner Analyse standhalten, und trotzdem isst sie täglich mit mir zu Mittag. Wir sind Kolleginnen und die ideale Option füreinander, nicht allein zu sein. Eine Art Angebot der Woche. Fünf zinslose Raten günstiger Begleitung. Wäre ich nicht da, ihre Selbstgespräche würden im Innern ihres Kopfes bleiben wie eine Flipperkugel, und das könnte zu einer Blutstauung führen. Ich passe ihr gut in den Kram, aber gut tue ich ihr nicht; das passiert, sobald sich Vertrautheit einstellt.

Jetzt trinken wir schweigend Cola light. Wir rülpsen, lächeln und sehen dem Schwanken dieser dürren, niedrigen Bäume zu, die die Mittagssonne nicht verdecken. Ein Angestellter, als Angestellter verkleidet, fegt den Boden dieser Resto-Bar. Mit dem Besen schiebt er Kronkorken, lange Haare, Münzen, Kaugummi vor sich hin. Zwischen all dem Dreck mache ich eine tote Libelle aus. Das Insekt bewegt sich nicht mehr, doch im Sonnenschein glänzen die Flügel. Ich frage:

»Entschuldige, stört es dich, wenn ich die nehme?«

Der Angestellte, kaum über zwanzig, sieht mich überrascht an und verneint. Maite schämt sich für mich. Das weiß ich.

»Sei nicht so widerlich. Das Ding ist doch tot«, sagt sie.

Offensichtlich ist es mir egal. Ich greife mir das erledigte Insekt, das aber noch ein Schillern auf den Flügeln hat, und lege es auf den Tisch, neben den Teller mit dem restlichen Bio-

Brokkoli. Maite wird gleich losschreien, alles Tote bringt sie aus der Fassung. Das weiß ich, weil ihre Lippen zittern. Nicht schon wieder, Herrgott noch mal, sie soll bloß nicht schreien. Das sage ich gern, Herrgott, Herrgott, auch wenn ich nur ein einziges Mal den Fuß in eine Kirche gesetzt habe.

Meine Schule hatte damals einen Gottesdienst in der Kirche unseres Viertels ausgerichtet, da war ich acht. Der Anlass war Pamela gewesen, meine Banknachbarin, die mit dem seidigen Haar: das Mädchen, das bei einem Autounfall umgekommen war, mit der gesamten Familie an Bord. In der Kirche faszinierte mich das Bildnis dieses knochigen Mannes an der Wand. Wie hübsch der aussah, und wie gepeinigt er war. Schönheit und Leid konnten etwas Heiliges sein. Mussten es sein.

Ich fragte mich auch, was Pamela kurz vor dem Aufprall gedacht haben mochte. Ein kleines Mädchen von acht, das weiß: Was da auf sie zukommt, kann sie zerstören. Zwei blendende Scheinwerfer mitten auf einer Straße in Buenos Aires. Nur Pamelas Ende hatte mich in ein katholisches Gotteshaus gebracht. Um Christi willen, Herrgott noch mal.

Maite betrachtet das tote Insekt auf dem Tisch und bricht in Tränen aus. Nicht zu fassen, dass sie schon wieder so viel Lust zum Weinen hat. Sie ist ein multinationaler Konzern für Schmerz. Sie weint und redet, so weit es Speichel, Tränen und Rotz zulassen:

»Vielleicht ist er bloß beschäftigt«, sagt sie. »Er arbeitet als Pharmavertreter und fährt täglich kistenweise Medikamente herum. Er hat ein graues Auto und tut alles in den Kofferraum. Wir haben uns fünfmal getroffen, fünfmal ist ziemlich viel, oder nicht? Wie viele Stunden kommen bei fünfmal zusammen? Und er hat sogar gesagt, dass ich ihm sehr gefalle.« Sie wiederholt, »Sehr«. »Er war ein bisschen benebelt vom Wodka, aber er hat es gesagt, ich schwöre, das habe ich gehört. Letztes Mal sind wir Arm in Arm eingeschlafen und früh aufgestanden, weil Susana kam, seine Haushaltshilfe. Als ich ins Bad wollte, hat Susana gerade die Kacheln gewischt und gesagt, ›Sie erlauben, Señora‹, als würde ich sie bei ihrer peniblen Arbeit stören. Als ich aus dem Bad kam, habe ich gemerkt, dass ich spät dran war. Er und Susana waren bereits mit ihren Angelegenheiten beschäftigt, und ich habe mich bloß gefragt, ob sich diese Szene mit mir wesentlich von der ohne mich unterscheidet. Er hatte mir kein Frühstück gemacht. Hat mich nur angestarrt und den Kopf abgewandt. Das war vielleicht ein Zeichen. Vielleicht hat ihm der Alltag Angst gemacht. Er hat gemerkt, dass ich ihm sehr gefalle, und nicht gewusst, was er tun soll. Kann es nicht so gewesen sein? Sag ehrlich, hat er da womöglich ein ganzes Leben voll guter Momente vor sich gesehen und war davon wie gelähmt?«

Ich entgegne, das ergebe keinerlei Sinn, und esse den letzten Bissen. Die tote Libelle sieht mir in die Augen, aus ihrem Gesicht spricht Ewigkeit. Maite stimmt über dem Teller wieder ihr schrilles Weinen an. Ich rate ihr, sich besser die Serviette vor die Augen zu halten, sonst wird ihr Karottenbrot noch nass. Maite verzieht das Gesicht und sagt leise:

»Mir bleiben drei Jahre, drei beschissene Jahre, um jemanden kennenzulernen. Ich werde nie mehr schwanger. Denn sie müssen dich ja nicht nur lieben, sondern auch bei der Stange bleiben.«

Ich sage, sie solle sich nicht so aufregen, nicht mit dem Wahnsinn kokettieren, denn der sei immer in nächster Reichweite. Wieder lache ich. Maite sieht mich entsetzt an und sagt, sie müsse auf die Toilette. Nun bin ich abermals allein. Diese Welt ist so abgründig und wahnwitzig, dass nichts wirklich Sinn ergibt. Ich muss an den argentinischen Musiker denken, der in einem Hotel in Mendoza aus dem neunten Stock in einen Swimmingpool gesprungen ist. Etliche Meter ist er geflogen und ins Wasser gefallen wie ein leichtes, belangloses Blatt. Eine Traube von Journalisten erwartete ihn, um ihn Tiefschürfendes zu fragen, und er hat mit dem Offensichtlichen geantwortet: »Was war das für ein Gefühl beim Fallen?« »Ach, Leere und dann das nasse Wasser.« Weinen würde ich zu Füßen dieses gerade unten gelandeten Mannes, bei dem Versuch, eine Frage zu formulieren, die auf seiner Höhe wäre. Ich würde weinen, weil ich das Gesicht von jemandem gesehen hätte, der für immer die Furcht verloren hat, nicht wie Maite, die über ihre stille Gebärmutter klagt und über sonst nichts. Ich muss an das Fernsehinterview dieses Musikers zur Hauptsendezeit denken, so um das Jahr 2000, als die Moderatorin ihm sagt: »Wir hätten fast einen Herzanfall bekommen wegen der Sache mit dem Fenster!«, und er lächelt und entgegnet: »Es war kein Fenster, es war ein Balkon. Ein Fenster bietet bloß nackte Stadt, ein Balkon lädt ein zum Denken. Und ich habe gedacht.«

4.

FILME MIT NACKTEN LEUTEN

Zwei dunkelhaarige Nordamerikanerinnen schreiben Tagebuch. Die eine in einem Zimmer mit rosig geblümter Tapete, die andere in einem weiß gekachelten, luxuriösen Bad. Es ist eine Villa, überall Holzimitat, ein Kamin, in dem seit dem frühen Morgen die Scheite brennen. Die Schwestern ähneln einander nicht, ich werde mich zwingen müssen, an die falsche Verwandtschaft zu glauben. Der Titel des Videos weist auf diese Verbindung zwischen ihnen hin, aber was für ein schlampiges Casting.

Emily trägt Jeansshorts und ein T-Shirt der Chicago Cubs. Sie liegt auf dem Bauch, und die kurze Hose gibt den Blick frei auf einen perfekten Körper von der Taille abwärts. Jemand hat Make-up auf diese Beine geschmiert. Emily schreibt und befeuchtet die Stiftspitze mit der Zunge. Sie ist gereizt. Ich verstehe kein Englisch, aber in ihrer Miene einer angehenden Provinzschauspielerin aus dem Norden lese ich eine Mischung aus Traurigkeit, Hitze und Erregung. Charlotte ist die im Badezimmer, auch sie schreibt, offensichtlich gehen beide dem Hobby mit Kugelschreiber und Papier nach. Aber Charlotte langweilt sich bald und lässt davon ab. Sie scheint die Ältere zu sein, und in ihrem Gesicht ereignet sich etwas, was ganz nach Überdruss aussieht. Den beiden jungen Frauen geht es nicht wirklich gut, mögen ihre wohlgeformten Körper auch das Gegenteil herausschreien. Charlotte trägt ein Sweatshirt der Boston Red Sox und zieht es aus, weil ihr heiß wird vom vielen Denken. Woran, das begreift man noch nicht, auch wenn ich mich in dieser Richtung freien Assoziationen hingeben darf. Die Sprache nicht zu verstehen, bereichert das Ganze um ein persönliches Geheimnis, das sich beim Verfolgen des simplen Handlungsablaufs nur mir offenbart. Zwei betrübte, halb nackte Schwestern, Wand an Wand in einer Villa in einem nordamerikanischen Wald. Jetzt kann Charlotte ihre Gefühle nicht mehr bezähmen und klopft mit zwischen den Armen hüpfenden Brüsten an die Tür der Schwester, die sich mit blinder Hingabe dem Schreiben widmet. Immer noch, wie beneidenswert. Emily könnte ohne Weiteres Lust aus den Worten schöpfen, die wie von allein in das Heftchen fließen, das ihr die Requisite dieses inspirierten Drehs in die Hand gedrückt hat, aber nein. Charlotte tritt ins Zimmer und sagt etwas zu ihr. Emily ist erstaunt über diese Offenbarung, die mir entgangen ist, weil ich die klebrige Sprache nicht verstanden habe, aber ich schiebe mir schon mal die Hand in die Hose. Zwischen Reißverschluss und Slip suchen sich meine Finger eine bequeme Position. Felipe ist zum vierten Mal diese Woche beim Fußballspielen, so schnell wird er wohl nicht zurückkommen. Emily sperrt den Mund auf, als wäre es der Schnabel einer Vogelmutter, die ihr Jungvieh füttern will, und Charlotte reagiert auf dieses Öffnen. Im Nu ringen die begüterten Schwestern und Baseballfans in wilder Gymnastik um ihre Zungen. Sie lecken einander Gesicht, Haar, Brüste,

Bauch, Beine, Vulva. Lutschen sich alles ab, während weiter hinten noch immer das Kaminfeuer gefährlich kräftig flackert, imstande, die Villa binnen zwanzig Minuten zu verschlingen: so lange, wie die Schwestern brauchen würden, sich zurückzulehnen und zu begreifen, welch dummem Laster sie gerade erlegen sind. Ich komme schnell zum Ende, mein Körper zuckt, ich lasse ein »Ahh« los und halte mir sofort den Mund zu, damit meine Lust nicht den Nachbarn erreicht, der auf seinen Schoßhündchen schläft. Ich bleibe eine Weile liegen, sehe zu, wie Emily und Charlotte die Romanze abwickeln, sich hinsetzen und einem Videospiel zuwenden, einer Sega- oder Family-Konsole, und Feuerkugeln ausweichen, die von grünen Drachen ausgespuckt werden. Da höre ich den Schlüssel in der Tür, doch schäme mich nicht. Ganz ehrlich: Erfundene Handlungen und Körper, die weit weg sind, bereiten mir mehr Lust als das, was in der echten Intimität abgeht, bei mir zu Hause, unter Einsatz der eigenen Arme und Beine. Die Videos sind ein orange glühender Magnet. Hübsch anzusehen. Ich habe sieben Lieblingswebseiten. Manchmal besuche ich neue, denn das brauche ich. Gern sehe ich frische Gesichter und stelle mir vor, diese jungen Frauen und Männer wären wirklich hier. Zu meinen Lieblingsstorys zählen die mit nordamerikanischen Frauen, deren Gesichter einander so gleichen, aber auch die afrikanischen reizen mich, schwarz wie Boxchampions, erschöpfte allerdings. Ich mag es, wie ihre Haut im Mittendrin glänzt, während sie sich Lust bereiten. Ich suche Videos, die Geschichten erzählen, sonst fehlt bei mir die Schmiere. Eine kurze Erzählung, die in der Nacktheit mündet. Ein Kindermädchen, das sich sein Studium finanzieren muss, ein Sohn um die zwanzig, der von der Stiefmutter auf einem Landgut verführt wird, wo es jede Menge Pferde gibt, eine Polizistin im Wald, eine MILF, die ihren Job als Anwältin verloren hat, nun Taxi fährt und nachts einsame Frauen im Viertel sucht, die sie mit der Zunge umwerben kann, ein Linienbus in den Straßen von Moskau, die Fahrgäste nackte Pärchen.

Felipe steht in der Schlafzimmertür. Mitleidig mustert er mich. Dieser Blick taucht dreimal pro Woche in seinem Gesicht auf. Seine Beine sind dreckverschmiert, das Haar nass vom Schweiß. Eine leuchtende Schürfwunde an der Kniespitze, Felipes schwache Stelle, und sein Trikot vom Club Ferro Carril Oeste. Meine Hand steckt noch in der Hose, und auf dem Bildschirm stöhnt eine Gruppe junger Leute bei einem Junggesellenabschied in Irland.

»Geht's dir gut?«

Aber ja. Ich lade ihn ein, sich neben mich ins Bett zu legen. Nie werde ich ihm gestehen, dass meine Lieblingsgeschichten mit Inzest, Altersunterschied und abgedrehten Typen zu tun haben.

»Ich gehe duschen. Stell den Computer nicht auf den Bauch, leg ein Kopfkissen unter. Die Strahlen treten sonst direkt in den Körper ein. Davon kannst du Krebs bekommen.«

Ich schweige.

Felipe ist eine gefährdete Spezies, die ihre ganze Kraft nur einsetzen kann, wenn sie ein Tor bejubelt. Armer Mensch, kurz vor den Vierzigern, so nah an Fahlheit und grauem Haar.

Im Grunde hasse ich es, dass er da quer durch meine Wohnung atmet, aber ich brauche ihn auch. Das passiert, sobald sich Vertrautheit einstellt.

Gallardo beobachtet mich von der Badtür aus, ist hin- und hergerissen zwischen Felipe und mir. Er entscheidet sich für keinen von beiden. Wir sind seine Besitzer, nackt, nass und weit entfernt.

Wie ist uns nur dieser Widerwille in den Körper gefahren, Felipe? Warum konnten wir früher einmal etwas füreinander tun? Seit wann nicht mehr? Wie ließe sich der Augenblick bestimmen, an dem du angefangen hast, dich wirklich von mir zu lösen? Bist du noch da? Aber ich schweige, denn nie rede ich. Das Schweigen ist meine Banknachbarin.

5.

UNSERE ERSTE EROBERUNG

Damals war ich um zehn Uhr nachts in einer dunklen Straße unterwegs gewesen. Es war Winter und mein Rücken ge-
krümmt, als könnte ich unterwegs Winterschlaf halten. Ich
war nervös, da will ich ganz ehrlich sein. Heute würde ich am
liebsten jedes Unbehagen vor dem Date leugnen, aber tatsächlich waren meine Finger so kalt wie das frostigste Land.
Ich wurde einfach nicht locker. Zurechtgemacht hatte ich
mich auch noch. Hatte nach Kräften mein dürftiges Haar
gekämmt, die Lippen rot geschminkt, als könnte ein Schub
Scharlach etwas an Jugend herauskitzeln. Felipe hatte mich in
eine Bar im Zentrum eingeladen, eine von diesen hellen, gelben, die seit siebzig Jahren an derselben Ecke ausharren. Ich
sagte zu.

Zum ersten Mal waren wir einander zufällig begegnet, in
einer dämlichen Schlange an der Kasse eines Asia-Super-
markts. Es war morgens, und meine Augen klebten noch zusammen. Felipe stand hinter mir und befingerte die baumeln-
den Chipstüten an einem Gestell, das näher bei mir stand. Er
hatte um Erlaubnis gebeten. Ich sie gegeben. Wir sahen uns an.
Wie er da so an diesem Gestell verweilte, war er mir irgendwie verhasst, doch zugleich wollte ich wissen, wie er das Rätsel mit dem Knabberzeug lösen würde. Er war unentschlos-

sen. Unsere Blicke kreuzten sich wieder, und er sprach mich an. Fragte, welche von all den Chipsarten mit Geschmack ich am liebsten möge. Barbecue, karamellisierte Zwiebel, Schinken und Käse, Hotdog mit Senf, Himalayasalz, rustikale mit Cheddar, südliche, nördliche, hispanoamerikanische. Auf so eine Frage war ich an einem Samstagmorgen um halb elf nicht vorbereitet. Ich trug das Oberteil meines Pyjamas, dieses T-Shirt, das beteuerte, ich sei zu 100 % sexy, und eine Jeans. Ich sah mir die Chipstüten an und war ebenfalls ratlos, fragte, für welche Gelegenheit er die Chips brauche, und wir nahmen uns ein paar Minuten zum gemeinsamen Nachdenken, bildeten ein Kuratorium für Chipsgeschmacksverstärker, wogen ihr Pro und Kontra ab, während wir die anderen Kunden vorrücken ließen, damit sie bezahlen und ihr Leben fortsetzen konnten. Felipe entschied sich schließlich für die heimische Barbecue-Variante *Asado*, ohne allzu sehr auf meine Ausführungen über die Sinnlosigkeit des Latino-Elements bei Chips zu hören. Wir einigten uns darauf, dass sie aller Wahrscheinlichkeit nach widerlich sein würden. Bevor uns der Gemüsegang wieder auf die Straße beförderte, bat er mich um meine Telefonnummer. Das hielt ich für einen Scherz. Konnte dieser Mann an einer Frau mit der Aufschrift »100 % sexy« interessiert sein? Würde er vom Sockel der vom Glück Verwöhnten herabsteigen, um eine Weile allein mit mir zu verbringen? Vielleicht. All das hat oft mit der passenden Ästhetik zu tun, mit Frisur, Hose, T-Shirt, für die du dich an dem Tag entschieden hast. Vielleicht war das Zusammenspiel der Elemente an dem Morgen erfolgreich gewesen, ich hatte ihn also gerührt oder neugierig gemacht. Zwar war er unrasiert, hatte speckiges Haar und Mundgeruch, aber dennoch fügte sich all das unweigerlich zu einem göttlichen Ganzen. Denn Felipe ist ein Mann, und ein Mann ist auch in mangelhaftem Zustand am Chipstütengestell eines Supermarkts etwas Imposantes. Mein Körper braucht Nachhilfe, der männliche nie.

Als ich an dem Abend in die Bar trat, sah ich ihn gleich. Er saß an einem Tisch in der Nähe der Tür und unterhielt sich mit dem Kellner, der ihn auffällig offen anlächelte. Felipe mochte das, sich auf Fremde einlassen, auf diese Leute, die er nie mehr wiedersehen würde. Sie nach ihrem Tag fragen, ihrem Beruf, ihren Erfolgen im Leben. Er machte ihnen gern Mut, wie ein Schamane, wie einer, der aus dem Jenseits kommt und einen weisen Spruch parat hat. Ich setzte mich an den Tisch, und der Kellner zog sich zurück und sagte dabei mehrmals »Señora«, als wäre ich eine ältere Dame. Ich antwortete nicht, verzog im Gegenteil hasserfüllt die Lippen. Eine häufige Geste bei mir. Felipe lächelte. Ihm gefalle meine Bosheit, sagte er. Bosheit?

Eben das hatte ihm als Erstes an mir gefallen.

Er erzählte mir Vertrauliches vom Kellner, der uns bereits ein Bier brachte. Ich vergaß es sofort wieder. Felipe hatte gesunde Zähne und ein Hemd mit Pferden, die mit flatternder Mähne auseinanderstoben. Er sagte: »Wie hübsch du aussiehst«, und ich gab zurück, das sei wohl das übliche Gerede, für etwas mehr Mühe wäre ich dankbar. Er lachte wieder wie ein Mann in seinen Dreißigern. Meine Offenheit versetzte ihn in einen jugendlichen Rausch, seine Hormone tanzten Cumbia. Wir aßen irgendwas mit hart gekochtem Ei und bestellten einen Nachtisch, der in Karamellcreme gebadet war. Felipe erträgt zu viel Zucker nicht, sofort wird es ihm zu süß. Schließlich zogen wir die Mäntel an, um zu gehen. Der Kellner umarmte Felipe, als könnte die kurze Bindung, die sie vor meinem Eintreffen geknüpft hatten, seinem Leben eine neue Wendung geben. Ich betrachtete mich im Spiegel. Da war wieder so eine optische Tücke, die etwas auf mein Gesicht malte. Ich annullierte das Bild. Genug von euch. Spiegel von Kopf bis Fuß. Spiegel rund um die Uhr.

Wir gingen durch eine leere Straße. Felipe bot mir seinen Mantel an. Ich entgegnete, es sei ebenfalls ziemlich üblich, Kleidungsstücke auszuleihen, damit die Dame sich beschützt fühle. Er antwortete nicht, fand es nun nicht mehr so witzig. Schweigend gingen wir weiter, ließen drei Ampeln hinter uns. Er zündete sich eine Zigarette an und reichte sie auch mir. Vanilletabak. Felipe zog mich am Arm heran, und ich ließ es geschehen. Er küsste mich. Nun war ich bereits in ihm, gewissermaßen. Sein Speichel war wie ein Nachtisch ohne Geschmack. Eine Mischung aus zäh und flüssig, mit einem blassen Hauch Vanille von der Zigarette. Ich tauchte in seine Zunge, denn das gefiel mir, und kalt war mir auch. Felipe war ein Riese, drei Köpfe größer als ich, für die Anstrengung des gegenseitigen Besabberns hätte er eine Nominierung verdient. Ein paar Jugendliche kamen vorbei und machten ein Foto von uns beim Zungenkreuzen, ich sah es, sagte nichts. Es war bequem dort drinnen. Fast als würde ich bereits die Diele seiner Wohnung kennen. Er legte eine Hand auf meinen Hintern und schob die andere unter das T-Shirt, dort, wo ich das Logo einer Hard-Rock-Band tätowiert habe. Ich fragte, ob wir zu ihm gehen könnten, und er war überrascht, denn er hatte erwartet, den Vorschlag selbst zu machen. Ach, Felipe, so aus der Zeit gefallen und doch so ganz in ihr.

Wir nahmen den 92er-Bus und schwiegen während der Fahrt. Wir waren heiß aufeinander, wollten uns jedoch nicht vor dieser Frau auf dem Einzelsitz abknutschen, die offenbar geweint hatte. Felipe fasste mir wieder an den Hintern und lächelte. Ich gab ihm einen Klaps mit dem Handteller. Bei sich zu Hause bot er mir Tee an, ich lehnte ab. Kurz darauf hatte ich bereits seinen Schwanz im Mund, rein und raus, wie eine Pumpe auf der Baustelle. Felipe war erstaunt. »Das passiert normalerweise nicht bei der ersten Begegnung.« Ich weiß nicht, was für eine Antwort er darauf erwartet hatte. Ich lächelte gleichgültig, eine andere Art kenne ich nicht an mir, und arbeitete weiter an diesem haarigen, blonden Becken.

Dann revanchierte er sich und sagte, ich schmeckte so herrlich wie eine reife Frucht. Schließlich schaltete er den Fernseher ein, und wir schauten die Olympischen Spiele von 2007. Felipe legte den Arm um mich. Eine Belarussin gewann den Weitsprung, und wir konnten die Perfektion dieser Beine gar nicht fassen, in weißen Strümpfen, bestimmt hergestellt in ihrem verschneiten Norden. »Hast du schon mal Schnee gesehen?«, fragte er, und ich verneinte. Dann zogen wir uns wieder aus und verteilten einander Speichel auf dem Körper. Im

Fernsehen lief nun ein Kanuwettkampf. Sein Hund Gallardo war mir sympathisch, er sah uns vom Bettende an und bellte oder knurrte hin und wieder. »Er weiß nicht, ob ich dir wehtue«, sagte Felipe.

Ich wusste es auch nicht.

Dann schliefen wir Arm in Arm ein, als würden wir uns seit vielen Jahren kennen. Das bringt die Intimität mit sich: In Sekundenschnelle macht sie wahr, was komplett falsch ist. Ein Körper, der an einem anderen klebt wie aufgehängte Wäsche nach dem Waschen. Er wiegt sich, vereinigt sich, legt sich bequem zurecht, und am nächsten Tag steht er auf, als wäre nichts weiter geschehen.

Einen Monat später lebten wir zusammen, denn das kam Felipe gerade recht, weil er so keine Miete bezahlen musste. Ich hatte Platz genug in der Wohnung, die meine Mutter mir nach dem Schulabschluss gekauft hatte. Er brachte seinen Hund Gallardo mit, und das gefiel mir. Er war ein Welpe und machte nicht viel Lärm. Ich hatte sie nicht aufgefordert, bei mir einzuziehen, es passierte einfach. War Teil dieser Farce des nackten Umarmens und der Intimität, des Fingierens einer Einheit, die die Schranken der Zeit überwand, damit man Söhne und Töchter bekam, herumreiste, krank wurde, genas, sich Dinge versprach. Die Lüge des harten Kerns, die Lüge der Gemeinsamkeit. Felipe war bereits eine Zahnbürste, ein Bündel Wäsche, mehrere Schuhpaare, ein Gespräch bei jedem Abendessen, ein gemeinsamer Film auf einem öffentlichen Sender, ein Mörder von Mücken, die sich an den Wänden postierten. Felipe war mein Freund, ich seine Freundin, wir lebten in einem Haushalt. Ich vermute, diese Verbindung von Elementen bedeutete, dass wir uns ineinander verliebt hatten, dass wir vielleicht die Romanze unseres Lebens lebten und alles danach ein lächerlicher Abklatsch sein würde.

6.

Es gelingt mir, die Hand zum Nacken zu führen, und ich er-
taste eine warme Flüssigkeit. Als ich den Finger vor die Augen
halte, hat er eine Farbe zwischen violett und schwarz. Gelati-
nekügelchen kleben daran, die wie Menstruationsklümpchen
aussehen. Die Anwohner glotzen noch immer entsetzt, da
draußen vor dem Auto. Das gesprungene Glas erlaubt keinen
erstklassigen Blick, doch ein Pfützchen fremdes Blut reicht,
und ihr Puls beschleunigt sich, sie machen Fotos und laden
sie in die sozialen Netzwerke hoch, umarmen sich, denken an
die Endlichkeit des Lebens, an Verkehrsunfälle, daran, dass
wir ein Nichts sind. Die Fünfzehnjährige stößt immer noch
spitze Schreie aus, während der Hund an ihren dürren Beinen nagt. Jemand soll sie zum Schweigen bringen, bitte. Sie
tippt in Handys, die man ihr hinhält, doch alle beschwören
sie, nicht stehen zu bleiben, sich aber auch nicht hinzulegen,
sie solle sich setzen, die Wunde am Kopf könne ernst sein.
Das Mädchen reagiert kaum. Sie und ich sind ein Notfall, und
die Leute bestaunen uns. Jeder und jede denkt an diesen Ers-
te-Hilfe-Kurs, den man hätte besuchen können, es jedoch immer aufgeschoben hat.

Mein Nacken ist jetzt tropfnass, zumindest habe ich den
Eindruck, bin mir nicht sicher.

Da ist zu viel Flüssigkeit. Eine Frau um die sechzig zeigt mir vor der Scheibe ihre Hand und fragt, wie viele Finger sie habe. Ich kann sie kaum sehen, weiß nicht, was für ein Gesicht sie macht. Wie viele, wie viele?, wiederholt sie. Sehr lustig. Weshalb soll ich ihr sagen, wie viele Finger sie hat? Ihr Problem. Soll sie es anderswo lösen.

Das rote Blut, das rote Blut, das rote Blut lässt mich an Folgendes denken:

Ich befinde mich im Wohnzimmer bei uns zu Hause in der Provinz und bin zwölf. Wir sitzen mit meiner Durchschnittsfamilie beim Essen. Lidia, meine Mutter, raucht schwarzen Tabak und führt sich eine rustikale Ofenkartoffel zum Mund, und Antonio, mein Vater, sieht auf den Teller, als entwickelte sich dort der Höhepunkt einer Telenovela oder eines allzu populären Kinohits. Das klassische Menü. Panierter und gebackener Seehecht mit ungeschälten Kartoffeln. Das Rustikale ist die Stärke unserer Kost, nicht aus Koketterie, sondern aus Faulheit. Lidia will keine Kartoffeln schälen, Antonio schon gar nicht. Genau die richtige Ernährung, wenn man zu niedrigen Blutdruck vermeiden will. In der Zweizimmerwohnung sind die Jalousien bereits heruntergelassen. Lidia mag es nicht, wenn uns die Nachbarn von gegenüber beobachten können. Gewöhnlich reden wir nicht bei den Mahlzeiten. Wer muss schon reden?, sagt Lidia und befeuchtet sich den Mund mit einem Schluck Saft aus Pulver. Wer muss quatschen, wir sind doch hier, um zu essen? Essen ist das Gegenteil von reden, also bitte.

Der Rauch ihrer Zigarette vermischt sich mit dem, was ich

esse, und das Husten lässt sich nicht vermeiden, also huste ich. Immer läuft der Fernseher, denn da kommt das Gespräch nicht von uns, sondern aus dem öffentlichen Sender, wo gerade ein Siebenjähriger versucht, den Zauberwürfel in einer Minute zu lösen. Ich reibe an meiner Pflaume, denn sie juckt schon wieder. Es tut mir wirklich leid, das sollte ich bei Tisch nicht tun, tue es aber trotzdem. Ich kratze und spüre eine Erleichterung, die nur Sekunden anhält, keine Minute. Nicht einmal bis zu einer Minute kann ich zählen während dieser winzigen Erleichterung. Ich gebe es auf und esse weiter. Antonio ist ein Vogel Strauß mit hängendem Hals, er betrachtet seinen Teller so aufmerksam, dass er unverzüglich Inventur von dem machen könnte, was er sieht. Antonio und Lidia sind das ideale Paar, wie gemacht füreinander, jeweils so auf sich konzentriert, dass jeglicher Konflikt vermieden wird, der sie trennen könnte. Das beste Rezept für eine dauerhafte Ehe: Gleichgültigkeit.

Ich reibe wieder am Scheideneingang und stoße auf die Härchen dort. In dem Alter habe ich noch etwas Schamgefühl, erzähle es aber trotzdem:

»Mama, weißt du, dass ich da unten rote Haare habe?«

Lidia sieht mich überrascht an, hat nicht richtig verstanden.

»Was redest du da, Paulina? Wo unten?«

»Mir wachsen hell- und dunkelrote Haare an der Scham. Ist das normal?«

Lidia lacht, wobei ihr ein Stück gekautes Fleisch entkommt, das ein paar schnelle Purzelbäume über die Tischdecke hinlegt. Antonio lässt weiterhin den Hals hängen. Diese

Versunkenheit ist sein Triumph. Mein lieber Papa, Weltmeister der hoffnungslosen Fälle.

»Es ist rot und glänzt im Licht, fast so schillernd. Ist das normal?«

»Das ist ganz und gar nicht normal, Paulina. Na, zeig mal her.«

Der Siebenjährige im Fernsehen hat es nicht geschafft, den Zauberwürfel rechtzeitig zu lösen. Er weint untröstlich in den Armen seiner Mutter, die sich in die Kamera hinein entschuldigt. »Er ist eben sensibel und weint schnell, weil sein Nasengang enger ist als bei der überwiegenden Mehrheit der Kinder. Na ja, sagt zumindest der Kinderarzt.«

»Aber doch nicht hier, Mama. Gehen wir ins Bad.«

Lidia willigt ein und steht auf. Mit einem Wink ermuntert sie mich, ihr zu folgen. Antonio wird noch an Genickstarre sterben. So lange nach unten zu blicken, kann tödlich sein.

Ich öffne die Badezimmertür und lache, kann nicht glauben, dass wir tatsächlich hier gelandet sind.

»Also, zeig her, Paulina.«

»Jetzt?«

»Ja, ich habe nicht den ganzen Tag.«

Lidia zieht mir die Jeans herunter, den schwarzen Zigarillo zwischen Zeigefinger und Daumen, und sagt, *mal sehen*.

»O je, nein.«

»Was?«, frage ich.

»Nein, nein, nein.«

Tatsächlich ist mein Haar dort unten rot. Ich bin keine Hexe, auch kein Gartenzwerg. Ich bin nur anders pigmentiert.

Lidia lacht schallend, während sie sich im Spiegel des Bad-schränkchens den dünnen Pony richtet.

»Du bist so seltsam, Kleines. Als wärst du von andern Leu-ten.«

Ich ziehe die Hose hoch und sehe zu, wie sie lacht. Ich mag es, wenn sie witzig ist, möchte aber nie der Anlass für ihre Heiterkeit sein.

»Wir sollten zum Arzt gehen«, sagt sie. »Eine falsche Pig-mentierung bringt oft ein tödliches Risiko mit sich.«

Ich pflichte bei und senke den Blick. Auch ich kann rest-los verschwinden. Den Witz mit der Pigmentierung finde ich jetzt nicht mehr so geistreich.

Mein rotes Schambein, mein vertrauliches Rot, meine Pe-rücke, mein Toupet, meine künftige Intimität.

7.

DAS ZEUG ZUR TRAINERIN

Seit einer Viertelstunde kopiere ich. Es ist kurz nach neun Uhr morgens und mein Gesicht von Schlafschlieren durchfurcht. Ich wische sie nicht weg. Mein Schlaf war tief. Gestern Abend hat Felipe seine Kleidung und die Fußballschuhe mitgenommen. Er hat sich auf die Balkonbrüstung gesetzt und zwei Zigaretten hintereinander geraucht. Dann hat er seine Sportjacken in den Armen fortgetragen, als wären es ohnmächtige Damen. Den Hund hat er bei mir gelassen. Er hat versprochen, ihn nächste Woche abzuholen. Bevor er die Tür hinter sich zumachte, hat er mich angesehen, als wollte er etwas Bedeutsames sagen, sich dann aber nur heruntergebeugt und Gallardo umarmt. Er ist in seinen blauen Wagen gestiegen, der an der Ecke des katholischen Krankenhauses stand, und zu seinen Eltern gefahren, die über sechzig sind.

Seitdem haben wir nicht mehr miteinander gesprochen.

Ich stelle mir vor, wie er am Küchentisch Fußball schaut, neben ihm der Rassehund in Familiengröße. Seine Mutter, die gesund und verschwindend wenig isst, weil sie sich sonst wie Mastvieh fühlt, und der Vater, der Fertigzigaretten raucht, damit er sich das Herz noch etwas gründlicher ruiniert. Felipe mit ruhiger Miene, tätowiertem Oberkörper in entspannter Haltung, wie ein eingefleischter Verweigerer.

Maite bringt mir eine Tasse dampfenden Kaffee, und ich danke ihr. Armes Ding, so menschlich und so verstrickt in Traurigkeit und Verlassenheit. Sie erzählt mir von einer Serie, die gestern Abend im Fernsehen lief. Ich tue so, als hörte ich zu. Mir fehlen noch drei Stapel mit fünfzig Seiten Exceldateien. Im Winter hat das Kopieren sein Gutes: die Wärme, die die Riesenmaschine ausstrahlt.

»Die Serie hat mir gefallen, weil er sich am Ende in sie verliebt, wo sie doch gedacht hatte, sie würde für immer allein bleiben.«

Ich antworte nicht. Maite ist eine Kassette mit Bandsalat. Eine Platte mit Kratzer. Für sie ist der einzige Zustand des Wohlbefindens die erwiderte Liebe.

»Am Ende kaufen sie Brötchen in einer Bäckerei um die Ecke, die um fünf Uhr morgens öffnet. Sie führt den Hund an der Leine, und er kauft Brötchen verschiedener Geschmacksrichtungen. Dann gibt es einen Zeitsprung, sie liegt rücklings ausgestreckt auf einer Decke mitten auf der Wiese, ist schwanger, und er hält sie von hinten. Sie machen ein Picknick und lächeln. Beide tragen Brillen.«

»Wie schön. Interessiert mich nicht.«

»Kann ich dir was erzählen?«

Ja, kann sie, ich schlürfe den Kaffee, versuche, meinen Körper vollends wach zu bekommen.

»Er hat wieder nicht angerufen. Ich glaube, auf mir liegt ein Fluch. Mir muss der Teufel den Schwanz zwischen die Zähne gesteckt haben, oder es ist der heimtückische Irrwisch, der Kobold unterm Bett. Es kann nicht sein, dass mir immer das Gleiche passiert. Ich bin mit einem Mann zusammen, es scheint, als wären wir verliebt, aber kaum verabschieden wir uns, verschwindet er. Kommt nie zurück. Ich weiß, es gibt die Bindungsangst, aber es ist doch nicht möglich, dass mir das seit zehn Jahren so geht. Meine längste Beziehung war die mit Benjamín, der sechzig war und drei halbwüchsige Söhne mit Trolleyranzen hatte. Ich glaube, es ist mein Schicksal, allein zu leben und zu sterben.«

Zweifellos, entgegne ich.

»Ich hasse dich von ganzem Herzen, aber ein wenig gefällt mir deine Bosheit, Paulina. Du bist wirklich ein Unikat«, sagt Maite resigniert, die Augen bereits feucht.

Das sei keine Bosheit, sage ich, eher extreme Redlichkeit. Viele würden Realismus mit Pessimismus verwechseln. Die Pessimisten verrunzelten zwar schneller, hätten dafür aber ihr Bewusstsein und ihre Muskeln für den Weltuntergang trainiert.

»Du bist immer allein, Maite, das wird sich nie ändern. Selbst wenn du mit jemandem zusammen bist, bleibst du allein. Der andere hört nicht immer zu, was du sagst, im Grunde ist es ihm egal, was du tust, denkst, redest. Es gibt diese Farce, man hält Händchen, tauscht Speichel aus, leckt sich den Körper ab, doch das dauert nicht ewig. Das Alleinsein ist der natürliche Zustand, davon kann dich niemand erlösen, kann dich höchstens von dieser Wahrheit abdriften lassen, aber das ist die einzige Wahrheit. Wir sind allein, auf immer und ewig. Wie in dem Lied, wo es heißt: ›Wir haben einen Ruf ins All geschickt, und keine Antwort kam bisheeer.‹ Kaum einen

Ton bringe ich heraus, mehr gibt meine müde Kehle nicht her. Ich bin noch so, so schläfrig.«

»Jetzt gefällt mir deine Bosheit nicht mehr«, entgegnet Maite.

Inzwischen bin ich fertig mit meinen Stapeln an Fotokopien und tackere sie mit dem Klammeraffen zusammen. Ich mag das Geräusch der Blätter, wenn die Klammer sie durchschneidet. Tack!

»Du willst auch gar keinen Freund. Du willst bloß schwanger werden. Willst ein Kind, um ihm Dinge beizubringen, die nur du für wichtig hältst, willst zu bestimmten Uhrzeiten und an Nationalfeiertagen Gefühle ausleben oder willst die Familien-DNA auffrischen. Und das ist schlecht. Aber gut.«

Maite und ich verharren in Schweigen. Maite bricht es.

»Trotzdem rufe ich ihn heute wieder an. Vielleicht weiß er nur nicht, dass ich verfügbar bin. Vielleicht denkt er, ich will nichts Ernstes, weil ich letztes Mal nicht über Nacht geblieben bin und ihm das nicht erklärt habe.«

Wieder antworte ich nicht. So sehr bekümmert es mich, dass Maite sich selbst so wenig zu schätzen weiß. Ich bin fertig mit den fünfhundert Kopien, die die Rechtsabteilung von mir wollte, und kehre an meinen Schreibtisch zurück. Drei Stunden am Stück werde ich nichts weiter tun, als auf den Bildschirm zu starren und meine Stunden abzusitzen, damit ich ganz ungeniert behaupten kann, dass dies mein Vollzeitjob im Microcentro ist, von acht bis sechs. Ich setze die Brille auf, damit ich mir die Augen nicht verderbe und mich auch ein wenig verstecken kann. Schadet nie. Ich suche die Windows-

Einstellungen und drücke auf Konfigurieren. Suche einen Bildschirmhintergrund. Es gibt Tausende, jedes Jahr neue. Landschaften in satten Farben. Exotische Tiere. Musterfamilien, ausgestreckt auf grünen Hügeln. Ich klicke mich durch, wechsele immer wieder. Erwäge, welcher am besten wirkt. Alle wirken gleich. Es ist völlig egal. Niemanden interessiert es, ob sie da sind oder nicht. Dass es sie gibt. Dass sie kaum etwas abbilden.

Maite ist woanders mit den Gedanken, ich kenne sie inzwischen und merke das. Etwas hält sie gepackt und will sie nicht loslassen, wie diese riesigen Hunde, die schwächere am Nacken packen und sie herumwirbeln, bis sie sie restlos erschöpft haben. Ich mag Maite, weiß nicht, wie ich es ihr sagen soll, aber für mich hat sie das Zeug zu einer wohltuenden Begleiterin. Am liebsten wäre ich ihre Trainerin in Sachen Freiheit, auch wenn ich selbst nicht besonders gut darin bin.

Das Büro ist eine kalte, perlgraue Abteilung an einer Ecke, die niemandem je im Gedächtnis bleiben wird. Hier drinnen sagt keiner die ganze Wahrheit. Da draußen fährt ein Gebrauchtmöbelhändler mit seinem Lieferwagen vorbei und verkündet über Lautsprecher: »Ich verkaufe alles, kaufe alles, tausche alles.« Dem Mann ist wohl alles gleich. Kühlschränke, Sessel, Betten. Verkaufen, kaufen, verkaufen. Ich denke an Maite und fühle mich nicht überlegen.

Ich gehe zu ihrem Schreibtisch und schenke ihr einen Schokoriegel, den ich mir am Morgen gekauft hatte. Sie sieht mich an und begreift nicht recht. Warum sollte ich so etwas tun? Sie sieht mich an, als verlangte sie eine Erklärung, doch ich sage nichts. Im Nu hat sie den Riegel mit Bananenfüllung aufgerissen und beißt hinein. Mit befleckten Zähnen lächelt sie mich an. Ich kehre zu meinem Schreibtisch zurück, zu meinem Computerbildschirm. Da ist sie: die Musterfamilie, die im Sand spielt. Ich zeichne etwas auf ein A4-Blatt. Nichts Bestimmtes. Würfel, die sich miteinander verbinden wie ein auswegloser Gedanke. Wir versinken im selben Meer der Bedürfnisse. Es ist uns nicht gegeben, Individuen zu sein.

8.

PHÄNOMENALE GÖTTIN!

»Wir wissen nur, dass die Kleinen geboren werden«, wiederholt ein ums andere Mal eine alte Frau, die mit mir in der San-Martín-Bahnlinie fährt. Sie trägt zwei Strickjacken übereinander und sieht aus dem Fenster. Manchmal senkt sie auch den Kopf und blickt zu Boden, tritt mit dem einen Fuß gegen den anderen, immer wieder, als ritte sie das Pferdchen der Angst. Dann sagt sie nichts mehr. Die ersten kühlen Tage sind da. Ich steige aus und gehe ein paar Ecken weit, flankiert von Gebäuden. Das haben die großen Städte für sich: Die Architektur ist eine Stütze. Ich bin es nicht gewohnt, die ganze Zeit über zu schweigen, doch wenn es drum herum Wohnungen gibt, ist es weniger schlimm. Willkommen in der Einsamkeit. Da sind wir mehr wir selbst als sonst. Eine konstante Dusche, nackt und schweigend.

Mein Peugeot 307 ist seit über einer Woche in der Werkstatt, wegen der Stoßdämpfer. Auch die Bremsbeläge und die vorderen Scheinwerfer habe ich wechseln lassen. Der Wagen war unerträglich laut gewesen, wenn ich in den dritten geschaltet hatte, und schien seinen Geist aufgeben zu wollen. Ein ölverschmierter Mann empfängt mich mit einem Kuss auf die Wange. Er hinterlässt dort einen schwarzen Schorf zwischen Ohr und Lippe. Ich versuche, ihn zum Gesichtsrand zu wischen, verschlimmere aber das Panorama, und der Mann lacht über mich. Wie Rambo sehe ich jetzt aus. Ich blicke in einen Spiegel an der Wand, ebenfalls dreckverkrustet. Mir wird bewusst, dass ich mich seit Tagen nicht mehr angesehen habe, mich nicht ansehen kann. Ich denke an Felipe, der nackt im Fünf-Meter-Pool seiner Eltern schwimmt, an Felipe, der sich mit einem Anime-Handtuch abtrocknet, an Felipe, der Cola light trinkt, an Felipe, der die Tageszeitung der Mächtigen liest, an Felipe, der zu einem mechanischen Defekt geworden ist, zu einem störenden Geräusch. Mir gefällt nicht, was ich sehe, wenn ich mich anschaue. Ich bin noch dünner als sonst, meine Haut sieht müde aus, zwischen grau und schwarz, als litte ich an einer nicht diagnostizierten Krankheit, für die es keine Arznei gibt.

»Macht tausendfünfhundert Pesos«, sagt der Mann und lacht noch immer über mein Gesicht. Während ich die Scheine hervorhole, bemerkt er tadelnd: »Sie wissen, dass Sie Selbstgespräche führen?«

Ich höre kaum hin, antworte, er möge mich entschuldigen, ich sei gerade mit den Hundertern beschäftigt. Er solle mich zählen lassen.

»Letztes Mal haben Sie etwas über einen Mann gesagt, der Sie verlassen hat.«

»Verlassen?«, entgegne ich. »Wie seltsam.«

»Ja, ein Mann, der Sie verlassen hat. Das haben Sie gesagt, aber nicht weiter ausgeführt. Erinnern Sie sich nicht? Ich war da skeptisch, denn mir scheint, niemand verlässt einen anderen. Mit Freunden und Freundinnen macht man Schluss. Ein

Schlussstrich ist das eine, etwas ganz anderes das Verlassensein. Finden Sie nicht?«

Ich achte kaum auf ihn. Tatsächlich will ich auf seine Übergriffigkeit nicht eingehen. Ich kann mir nicht erklären, wo er das mit den Selbstgesprächen herhat, kommentieren werde ich es vorläufig jedenfalls nicht. Ich zähle immer noch Scheine, habe aber nicht genügend Bares. Ich frage, ob ich mit Karte zahlen kann, auf meinem Konto muss gerade noch genug Geld sein. Meine Sonderzulage ist noch nicht eingegangen.

»Wäre etwas kompliziert für uns, Señora«, entgegnet er.

Der Mann sieht mich an und lächelt noch immer. Ich blicke wütend zurück. Mich so hartnäckig Señora zu nennen, als wäre ich wer weiß wie alt, ist eine perfide Quälerei. Hinter ihm erscheint ein junger Mann, er kommt auf uns zu. Sein Haar ist eine Art Fettpelz, als wäre er durch ein Gewitter gerannt, und sein Blick ist tiefgrün. Auch er mustert mich verstohlen und lächelt. Als wüssten die beiden etwas über mich, was ich nicht weiß, ein Gefühl, das ohne Weiteres den ganzen Nachmittag anhalten könnte. Ich sage, es tue mir leid, aber mein Bares reiche nicht. Keiner antwortet. Hinter dem Kopf des jungen Mannes hängt ein Kalender, auf dem in großen, roten Ziffern steht: 1998. Der Kalender zeigt das Foto einer halb nackten jungen Frau in Slip und einem Trikot von River Plate. Sie blickt in die Kamera und übertreibt ihre Kurven, indem sie sich einen Fußball Größe 5 gegen die Taille drückt. Neben dem Foto steht in gewaltigen Lettern: »Phänomenale Göttin! Südamerika liegt ihr zu Füßen.«

»Wäre etwas kompliziert für uns, Señora«, beharrt der Mann. Ein winziger Konflikt scheint seinen Arbeitstag ein wenig aufzulockern.

Jetzt stellt sich der junge neben den älteren Mechaniker. Beide blicken mir mit einer Art Überlegenheit in die Augen, die schwer einzuordnen ist. Noch immer kann ich schlecht einschätzen, wie sich die Lage entwickeln wird. Ob ich eine geistreiche Bemerkung machen sollte. Die beiden dort, ich ihnen gegenüber, mit Hass in den Kiefern, dann die Geschichte mit meiner vergessenen Erwähnung des Verlassenseins und weiter hinten das Foto der fast nackten Frau unter zwanzig auf dem Kalenderblatt.

Wir drei schweigen wie bei einem Gedankenduell. Eines ist sicher: Mein Auto, mit der Schnauze zur Wand, ist repariert und bereit für die Straße, und über unseren drei Köpfen flimmert ein Fernseher auf einem Sender, in dem gerade zwei ältere Frauen volkstümliche Chacareras tanzen und aus dem Takt kommen.

Der junge Mann sieht dem älteren ähnlich, was mich sofort an Vater und Sohn denken lässt. Ich halte ihnen also die Debitkarte hin. Es ist eine schwarzgoldene Plastikkarte, darauf ein Chip mit dem Geld, das mir geblieben ist. Der junge Mann nimmt sie sich mit gebräunter Hand und geht hinter die Theke, ohne den Blick von mir zu wenden. Ich wage die Bemerkung, ich wüsste nicht, warum sie mich ansähen, warum sie lachten.

»Wie gesagt, Señora, Sie führen Selbstgespräche. Merken Sie das nicht?«

Ich werfe ihm einen ernsten Blick zu. Darauf bekommt er keine Antwort. Die Wörter »Phänomenale Göttin!« hallen in meinem Kopf wider. Wo haben sie das mit den Selbstgesprächen her? Wer lügt hier?

Der junge Mann reicht mir den Beleg zum Unterschreiben. Ich tue es.

»Sie sollten lernen, Señora, dass es jedes Mal, wenn Sie bei Ihrem Peugeot auf die Bremse treten, zu einer Reibung zwischen Metallteilen kommt, was extrem viel Wärme erzeugt. Wenn Sie nicht von der Bremse gehen, kann sich die Wärme nicht verflüchtigen, und das System findet nicht zu seiner normalen Temperatur zurück. Langes Bremsen bei hoher Geschwindigkeit beansprucht die Bremsen ungemein. Das sage ich, weil wir sie schon allzu oft ausgewechselt haben.«

Der junge Mann kommt jetzt hinter der Theke hervor und lacht immer noch über mich. Ich antworte dem älteren Mechaniker, ich hätte verstanden, vielen Dank, und er solle mich nie mehr Señora nennen. Dann setze ich mich ins Auto und rieche Zitrone, das Einzige, wofür ich seit dem Aufstehen heute Morgen dankbar bin. Ich starte den Wagen und lasse den Ort hinter mir, sehe noch, wie mich beide mit dieser Anspannung mustern, die nur dem Vertrauten entspringt: der grüne Blick eine einzige Verschwörung.

Und so fährt sie dahin, diese junge Frau in ihren Dreißigern, die anscheinend Selbstgespräche führt, das aber nie bemerkt hat, und die die Bremsen ihres einfachen Wagens misshandelt.

Die Straße sieht sauber aus um sieben Uhr morgens, noch vor dem Ansturm der Stoßzeit. Ich fahre die Avenida Córdoba

entlang und schalte das Radio ein, um die Stille zu verscheuchen, male mir Dinge aus: Krankheiten und seltsame Symp-
tome. Immer wieder kommen mir solche Bilder von ganz allein in den Kopf, als hätte jemand anders sie gerufen, als hätte
jemand schließlich diese Bestien losgelassen, die nun laufen
und laufen. Eine meiner größten Ängste ist es, dass sich durch
ein Herzversagen mein Gehirn ausschaltet. Wieder lernen
müssen, zu sprechen, zu gehen. Mich wieder in die Welt der
Lebenden einzugliedern.

Wieder lernen müssen, Mama, Baum, Haus, Liebe zu sagen. Was sind das für Gedanken? Herrgott noch mal.

Seit über fünfzehn Stunden habe ich mit keiner Menschen-
seele gesprochen, nur mit den Mechanikern, für die ich bloß
ein Spielball war. Ich fahre auf der Avenida Córdoba und sage
laut Sätze vor mich hin, um mir in Erinnerung zu rufen, dass
ich noch klar im Kopf bin. Heißt das, ich rede mit mir selbst?
Oder denke ich nur vor mich hin? Rufe ich mir in Erinnerung,
dass ich noch da bin?

Mir bleiben zwanzig Minuten, um das Bürogebäude zu er-
reichen, mich im Fahrstuhlspiegel zu betrachten, drei, fünf
Unbekannte anzulächeln, mich hinter meinem Schreibtisch
zu verschanzen, tief durchzuatmen, zu begreifen, dass sich so
das Leben entwickelt, wie ein dumpfer Knall. Wurzeln werde
ich allerdings nicht schlagen. Es scheint, als würde ich schwe-
ben, und das ist so, als könnte ich zaubern.

9.

KUMPEL IM MITTELFELD

Seit zwei Wochen habe ich nichts mehr von Felipe gehört. Es ist brütend heiß in der Stadt, und seit Tagen hat es nicht geregnet. Die Sonne da oben ist eine unerträgliche Zumutung. Die Leute machen Picknick, dann wird ihnen schwindlig, und sie schlafen ein, weil sie sich der Hitze ausgesetzt haben. Wir sind verrückt nach einem bisschen aufbereiteter Luft. Gehen in die großen Supermärkte, kaufen aber nichts, verbringen dort nur Zeit vor den Kühlregalen, um die rettende Kälte zu spüren.

Fast jeden Morgen beim Frühstück richte ich den Blick auf das Gebäude gegenüber, als liefe dort das packendste Programm. Gallardo schläft mit heraushängender Zunge, als probte er seinen Tod. Auf dem Balkon drüben, im vierten Stock, sieht eine Durchschnittsfamilie von morgens bis abends fern und sagt sich vor dem Schlafengehen bestimmt, dass diese Romanze auf HBO das wahre Paradies ist.

Meine Tage beginnen immer schweigend. Ich kann noch die Sitze in Felipes Auto spüren, habe noch den Geruch von ausgelaufenem Benzin in der Nase und das Bildchen der Heiligen Jungfrau vor Augen. Ich rufe bei der Arbeit an und melde mich krank. Ich hätte weißen Belag im Rachen. Sie glauben mir. Ich lege auf und jubele, als hätte ich ein kleines Tor geschossen. Atme tief durch. Gallardos Blick ist vernichtend, als wollte er sagen, über die Gesundheit lügt man nicht. Er soll mich nicht nerven.

Ich rufe meine Mutter an und sage ihr, wie lieb ich sie habe. Sie mich auch, antwortet sie, nur könne sie jetzt nicht reden, sie sei auf dem Weg ins Fitnessstudio. Ich solle mir Freunde suchen, Freundinnen. Dürfe nicht so allein bleiben. Ich sage, ich hätte eine Freundin aus dem Büro, die Maite Sadler heiße, Jahrgang 1983 sei und manchmal bunte Haarbänder trage, die Locken hinten lose. Lidia sagt, dann solle ich mit Maite losziehen, mit ihr Ausgehpläne für die Abende schmieden. Mir Apps herunterladen, um mich mit Männern zu treffen. Das sei eine ganz, ganz hervorragende Option. Ich solle wieder an Beziehungen glauben, bitte.

»Danke, Mami«, sage ich. »Ich weiß nicht, was ich ohne deine originellen Vorschläge tun würde.«

Ich fasse mir an die rote Scham und stelle fest, dass sie noch da ist. Dann gehe ich in die Küche. Der Kaffeeduft bringt Gallardo schwanzwedelnd und geifernd her zu mir. Weg da, lächerliches Vieh. So nenne ich ihn.

Mein Kopf macht aus acht Jahren Felipe einen einminütigen Loop. Jemanden hinter sich zu lassen ist ein Marathon der Bilder in gesättigten Farben, Rot und Orange. Das letzte Jahr ist schon vorbei, und dieses hier ist ein Hochleistungsmixer. Mir scheint, wir sind Säugetiere, die kommen und gehen, und wenn sie ausnahmsweise einmal mit den Schnauzen aneinanderstoßen, verlieben sie sich. Die Zukunft ist jetzt ein Nebelfeld. Ich muss vorsichtig sein. Es lässt sich kaum vermeiden, dass mein Frühstück nun immer von folgendem Bild gefärbt sein wird:

Felipe verzieht das Gesicht, hält sich ein Stofftaschentuch vor die Augen. Gallardo blickt zu ihm und winselt.

»Findest du das normal, dass du so geistesabwesend lebst?«

Ich sehe ihn an und begreife nicht ganz, woher dieses Gespräch kommt. Es ist noch immer heiß, und ich drehe die Klimaanlage auf, als könnte ich sie so hoch tunen, dass ihr Lärm Felipe stummschaltet.

»Seit über einem Jahr schon stellst du auf nichts mehr scharf«, sagt er.

Seit über einem Jahr? Seit wann beschäftigen ihn solche Berechnungen, frage ich mich, aber sage natürlich nichts. Ich betrachte immer noch die Ziffern an der Klimaanlage.

»Es ist vorbei, Paulina. Ich halte es nicht mehr aus.«

Ich antworte nicht. Bin wie ein Zinnsoldat. Jetzt kommt Gallardo zu mir, als müsste er sich um die Partei kümmern, die bei dieser Auseinandersetzung den größeren Schaden erleidet.

»Es geht nicht mehr, begreifst du das?«

Da fasst er nach meiner Schulter und reibt sie über dem T-Shirt, als wären wir Kumpel im Mittelfeld. Immer noch verzieht er das Gesicht, als wollte er auf Teufel komm raus losheulen wie ein Kleinkind bei einem hysterischen Anfall.

»Paulina?«

Ich antworte nicht. Nie sage ich etwas. Früher hat mir alles Technische Angst gemacht: Flugzeuge, U-Bahnen, Entgleisungen, Seitenstreifen, Straßenpflaster. Jetzt erschreckt es mich, wie listig Menschen beim Zerstören sind, die Maschine wird uns niemals übertreffen!

»Willst du nichts sagen? Bist du noch da?«

Ich sehe ihn an, das zumindest weiß ich. Vertraue darauf, dass allein der Blick etwas aussagt, doch manchmal verlangt man zu viel von diesem Teil des Gesichts. Felipe schließt sich im Bad ein. Gallardo leckt mir die Hand. Verfluchter Köter, woher weiß er, dass tief in mir drinnen etwas zerbrochen ist? Ich streichele ihm den Kopf. Es muss elf sein, die Stadt liegt in nächtlichem Schweigen. Fast eine Stunde bleibt Felipe im Bad, betrachtet sich im Spiegel, entwirft sein künftiges Single-dasein eines Mannes mittleren Alters. Das fröhliche Leben. Und ich flüstere meinem Hund etwas zu, was ich einmal gelesen und auswendig gelernt habe. Als läse ich einem kleinen Kind eine Geschichte vor, sage ich zu ihm:

Das Gesicht des Greises, der aus dem Wandschrank kommt und »buh« macht

das Gesicht der Greisin, die etwas Riesiges knetet, das einem Chow-Chow ähnelt

der Münzautomat, der blockiert war und den Busfahrer zwang, von seinem göttlichen Thron zu steigen. Selten sehen wir einen Fahrer fern von seinem ergonomischen Sitz, wie er dasteht und auf den Automaten einschlägt, der die Münze schluckt und wieder funktioniert

als du einmal jemanden mit einem Traubenkaugummi geküsst hast und beide Münder violett wurden als du zum ersten Mal einen Mann ausgezogen hast

als dir zum ersten Mal eine Frau den Rücken geküsst hat

das Gesicht eines Babys, das etwas lallt

der offene Mund des toten Greises in einem Doppelbett am Stadtrand, die Fliegen, die ihn umschwirrten

der Eimer mit Dreckwasser, auf dem Grund ein Spielzeug, ein Spielzeug in Form eines Sterns

die Frau, die dich verteidigt hat, als du in Tränen ausgebrochen bist und kaum mehr sagen konntest als »aber ich«

die Nächte, die du durchs Viertel deiner Kindheit gegangen bist, geweint und eine Lucky Strike geraucht hast

das Geräusch der Riesenschaukeln auf dem Platz

der Liebesfilm, nach dem du eine Woche lang im Bett geblieben bist

der belgische Schauspieler aus dem Film im Kabelfernsehen, den du überall gesucht hast, vergebens

du weißt seinen Namen nicht

niemand weiß ihn

der Junge, der dir versprochen hatte, dass du nie mehr allein essen würdest

als du es zum ersten Mal gewagt hast, aus dem Flugzeugfenster zu sehen

die Schlaflosigkeit, die dich allein zurückließ, inmitten des Kosmos

als Weltkulturerbe, als könnte dich niemand ansprechen

Eines Tages wirst du schließlich zurückblicken

und sagen:

Sieh mal, was ich alles getan habe!

Der Hund blickt mich an und winselt. Die Tiere wissen zu viel, und das erschreckt mich. Immer erschrecke ich.

Als Felipe das Badezimmer verlässt, zündet er sich eine Zigarette an. Er raucht sie stehend auf dem Balkon. Fragt, ob ich nachgedacht hätte, ob ich bereit sei, etwas zu sagen, und ich verneine. Es gibt nichts, was ich sagen könnte, weil es nichts gibt, was er gern hören würde. Der Verkehr auf der Avenida reißt nie ab, das wird mir gerade bewusst. Der blaue Linienbus, der schroff bremst. Die Gruppe Jugendlicher, die sich dienstags um Mitternacht vor der Tür des alten Hauses trifft. Die erleuchteten Fenster des katholischen Krankenhauses, die Notaufnahme, der Durchgangsbereich, die Entbindungsstation.

»Ich liebe dich«, sagt Felipe.

In der Nacht zuvor waren wir mit den Worten eingeschlafen: Ich liebe dich, gute Nacht, schlaf schön. Die drei falschen Götter. Ich frage mich, mit wem ich jetzt sprechen werde. Frage mich, wie ich wieder an ein neues Zwiegespräch glauben kann.

Mit diesem Bild frühstücke ich jeden Morgen, während ich das Messer im Toast versenke. Ich konnte noch keine Fragen beantworten.

10.

DANCING QUEEN

Ich betrete eine allzu violette Bar, und der Mann, den ich suche, winkt mir. Ob er weiß, wer ich bin, oder hält er mich für die Kellnerin, die Rechnung oder das Blaue vom Himmel? Als Antwort versuche ich eine ähnliche Geste, und er lächelt mit einem Karnevalsgebiss. Auf dem Weg zu ihm wird mir klar, dass sein Profilfoto eine gemeine Lüge war. Vielleicht hat dieser Mann vor zwanzig Jahren so ein Gesicht zur Schau gestellt, aber der, der mich hier empfängt und den Stuhl zurückschiebt, bestimmt nicht. Über fünfzig muss er sein, sosehr sich das kurzärmelige Hemd und die Sonnenbrille über seinem Schädeldach auf das Gegenteil versteifen. Zur Begrüßung steht er auf, und ich gebe ihm einen Wangenkuss. Den Wollmantel lege ich ab. Ja, Wolle. Wohl zu viel des Guten. Ich muss jetzt etwas sagen, damit er die Enttäuschung in meinem Gesicht, meinen Beinen nicht bemerkt. Also sage ich:

»Ganz schön violett, die Bar!«

Er stimmt zu und setzt sich wieder. Obwohl ich bereits weiß, dass ich diesen Mann nicht küssen werde, macht mich doch etwas kribbelig. Dass ich da vor ihm sitze, mit parfümiertem Hals und sorgfältig frisiert, könnte ihm ein Gefühl der Wichtigkeit geben. Die anderen sollen bestimmt sehen, dass wir ein romantisches Date haben, und womöglich wägt er gerade ab, wie meine Titten sind, ob ich viel oder wenig schreie, ob die Geschichte länger als zwei, drei Treffen halten wird. Ich weiß es nicht. Ich will nicht Teil seiner Erwägungen sein.

In dem Lokal ist es so laut, dass ich ihn kaum verstehe. Trotzdem lächele ich. Ich höre so etwas wie, ich sei sehr hübsch, und lächele wieder. Für scharfsinnige Antworten reicht mein Enthusiasmus nicht. Ein Pärchen gibt sich am Nebentisch einen Zungenkuss, und im Eifer des Gefechts kippen sie ein Glas um, das mit vernehmlichem Klirren zerbricht. Wir spüren ein aufzuckendes Unbehagen, erst die Zungen, dann das Glas. Der Mann mir gegenüber steht auf, um beim Aufkehren zu helfen. Kaum bückt er sich, fällt seine Sonnenbrille zu Boden. Das ist ihm ziemlich peinlich. Das Pärchen sagt, er solle sich hinsetzen, sie bräuchten keine Hilfe. Und da sitzen wir wieder und versuchen, den verlorenen Faden aufzunehmen.

Er erzählt von seinen Tennisstunden, mit denen er vor einem knappen Monat in einem Viertel im Norden angefangen hat. Von dem Outfit aus Shorts und weißem Flanell-Shirt, das er sich hat kaufen müssen. Nichts könnte mich weniger interessieren als das Material seines Trikots.

»Ich mache keinen Sport«, sage ich. »Dabei schlägt mein Herz so schnell, und so was erschreckt mich.«

Das findet er nicht witzig. Er studiert auf seinem Handy die Karte. Fragt, was ich möchte, und eine andere Kellnerin als die von vorhin kommt zu uns. Er sieht mich drängend an. Ich bestelle den hochprozentigsten Cocktail. Einen mit Schichten unterschiedlicher Dichte und Farbe. Er bestellt einen Fernet mit Cola light. Die Kellnerin nimmt kommentarlos die Bestellung auf und kehrt in ihren Bau zurück. Unter all den Fragen, die man auf Erden stellen kann, sucht sich der Mann ausgerechnet die aus, welche Musik ich höre, schlimmer noch, welche Musik mich glücklich mache. Ich entgegne, Musik mache mich nicht glücklich, halt, falsch, ich entgegne, in letzter Zeit mache mich gar nichts glücklich. Ich übertreibe. Er lächelt schwach, ein abgewürgter Versuch. Auch das findet er nicht witzig. Die Musik in der violetten Bar dröhnt immer lauter. Es läuft eine autogetunte Playlist mit Frauen- und Männerstimmen. Es ist kaum zu verstehen, was sie singen, doch gehen sie schön tief in die Knie und schwenken ausgiebig das Becken. Und bestimmt erzählen sie von enttäuschter Liebe, Untreue oder einer minimal gelungenen sexuellen Begegnung.

Der Mann, der da vor mir sitzt, lächelt, egal worüber, er lächelt, als wäre das sein Rettungsanker. Jetzt trinken wir, ohne einander allzu viele Fragen zu stellen. So soll man es anscheinend machen. Er fragt, ob ich vielleicht tanzen will, und hält mir den Arm hin. Ich habe keine Wahl. Doch da gibt der Boden unter mir nach. Ein ganz neues Schwindelgefühl, wie im Flugzeug oder an einem Abgrund, setzt sich in meinem Blick fest. Ich sage ja und stehe auf, traue jedoch meinen Augen nicht. Da ist ein Kreisel, ein Zug, etwas Unaufhaltsames. Er fragt, ob es mir gut gehe, ich sage ja, bin jedoch am Umfallen. Er packt mich bei der Hand, ich lasse sie los. Falle und falle. Er geht ein Stückchen vor, tanzt den Refrain des nächsten Lieds. Dreht sich zu mir und winkt, ich solle ihm folgen. Nie im Leben folge ich ihm. Mit einer Geste gebe ich zu verstehen, dass ich auf die Toilette gehe. Ich falle nicht und falle doch. Es gibt kein Atmen mehr, immer wieder setzt es aus. Die Toilette ist frei, und ich stürze in die Kabine. Schließe mich ein. Gut. Ich setze mich zum Pinkeln hin und lese die Kritzeleien. Fast alle schreien lauthals nach Sex und Gesellschaft. Letztlich jammern wir alle nach dem Gleichen. Ich pinkele zu Ende. Es scheint, hier drinnen bin ich sicher, verstehe nur nicht, wovor. Ich klappe den Klodeckel herunter und setze mich darauf, lasse das Leben ruhen. Mein Rücken lehnt an der feuchten Wand. Feucht wovon? Egal. Ich höre, wie zwei, drei junge Mädchen – jünger als ich zumindest – an die Tür klopfen.

»Ist da besetzt?«

Ich antworte mit Ja. Blicke zur Decke. Da ist nichts. Weiße Farbe ohne feuchte Flecken. Alles in Ordnung. Ich schließe die Augen und gähne. Mir scheint, ich döse weg oder habe Fieber. Eins von beidem, schwer zu unterscheiden. Lange Minuten vergehen. Draußen ändert sich die Musik, aber sie ist wie eine Endlosschleife, eine formlose Masse, ein Albtraum aus Kindheitsnächten.

»Wir wollen pinkeln. Was ist?«

Ich schrecke auf. Etwas ärgert mich, aber Jähzorn ist nicht mein Ding.

»Nichts ist«, antworte ich.

»Was?«, fragen sie. Sie wissen wohl nicht, ob sie richtig gehört haben.

Ich versuche, die Augen wieder zu schließen, und es gelingt mir tadellos. Keinerlei Schwierigkeit. Da drinnen, in meiner

Dunkelheit, spüre ich kaum mehr als einen Hauch Erleichterung. Ich glaube, in dem Zustand kann ich nicht nach Hause gehen. Der Zorn schwillt ab und verwandelt sich allmählich in etwas Bekannteres, in eine Art Hysterie, eine Art Überdruss, der sich jeden Augenblick einstellen kann.

»Mensch, mach schon, Mädel, das ist nicht witzig. Das ist die einzige Toilette.«

Ich weiß nicht, was antworten. Muss gar nicht antworten. Ich blockiere die Tür mit den Armen. Werde keinen an mich heranlassen. Ich denke an die nächsten Schritte. Locker werde ich hinausgehen. Nicht Richtung Tanzfläche sehen. Zu Boden blicken. Versuchen, mit niemandem Blickkontakt aufzunehmen. Durch die Tür treten. Mich auf das erste Taxi stürzen, das sich meiner erbarmt. Eine ganze Weile durch die Stadt gondeln.

Jetzt merke ich, dass ein Fuß mit Stöckelschuh sanft gegen die Tür tritt.

»Na los, du Idiotin, ich mach mir gleich in die Hose. Was ist mit dir?«

Ich antworte leise. Stammele, damit man mich kaum hört. Ich kann mich nicht rühren, glaube nicht, dass ich heute Nacht noch diesen Ort verlasse.

»Was sagt du? Was sagt sie?«

»Nein, ich weiß nicht«, antwortet ihre Freundin.

»Lachst du etwa? Machst du dich über uns lustig?«

Sie sagen noch einiges mehr. Fluchen. Die da draußen sind sehr wohl jähzornig. Man hört ihnen die Hormone an. Ich weiß nicht, wie sie darauf kommen, dass ich lache.

Durch den Türspalt sehe ich eine kleine Schlange, Frauen, die angestrengt ihre Blasen beherrschen. Die Zeit vergeht schnell für sie, für mich in Zeitlupe. Wieder schließe ich die Augen, aber vergebens, meine Atmung wird sich nicht normalisieren. Mir scheint, ich sehe jetzt alles leicht weiß, leicht schwarz gefärbt. Ich lasse die Tür los und ziehe die Beine aufs Klo, als wollte ich mich vor einer Haiattacke unter meinem Boot schützen.

Mit dem Schlachtruf »Na los, du Idiotin! Was wir wegen dir für Zeit verlieren!« öffnet sich die Tür nach einem hemmungslosen Tritt. Der Metallriegel gibt nach, sah auch schon ziemlich angefressen aus. Das Türholz auch. Die Wände triefen vor Feuchtigkeit, als würde jemand duschen. Vor der Tür sehe ich wie als Scherenschnitt drei Mädchen unter zwanzig mit Miniröcken und knochigen Beinen. Alle drei tragen Stöckelschuhe, roten Lippenstift, quer umgehängte Taschen. Sie sind kaum voneinander zu unterscheiden. Könnten gut und gern Schwestern sein oder Experimente. Im ersten Moment bemerke ich die Wut in ihren Gesichtern, doch die verwandelt sich allzu schnell in Neugier. Ihre Augen sehen da eine Frau von fast vierzig, die sich zum Ausgehen zurechtgemacht hat und mit halb gesenkten Lidern ihre Beine umklammert, als lauerte von allen Seiten Gefahr. Alle vier schweigen wir einen Augenblick. Von draußen dringt immer noch Musik herein. Immer noch ein eintöniges Auf und Ab mit Autotune. Ich sage, ich sei keine Idiotin, sei nur gerade verlassen worden. Sie sehen einander an, ganz flüchtig. Eine lässt ihr Paillettentäschchen auf den Boden fallen und bückt sich, um mich aus der Nähe zu betrachten. Die andere bittet die Frauen, die zum Pinkeln anstehen, sich kurz mal zu verflüchtigen, damit ich etwas Luft zum Atmen hätte, bitte. Die Frauen hören auf sie. Anscheinend begreifen sie etwas, brauchen keine weitere Erklärung. Die Blasen können warten. Die dritte Freundin beugt sich einfach herunter und umarmt mich. So verharren wir eine Weile. Ich schaffe es nicht, zu weinen, aber es ist angenehm, ihre Lederjacke zu spüren, das Klacken ihrer Ketten. Der Geruch von Cif-Scheuermilch steigt vom Klodeckel auf, vermischt mit dem der Klopapierbällchen, die andere Mädchen auf den Boden haben fallen lassen. Die Tanzfläche ist entflammt wie ein Ekzem.

11.

WARTEZIMMER

Fünf Frauen in Bürokleidung sitzen aufgereiht hinter einer Empfangstheke. Wie bei einer Talkshow im Fernsehen. Sie haben die Haare hochgesteckt, und ihre Stirnen glänzen im dichromatischen Licht. Sie könnten auch Tänzerinnen im Glitzertrikot sein, aber nein, sie tragen Kostüm. Die Klimaanlage ist viel zu eisig eingestellt, und einige von ihnen haben sich rote Strickjacken übergezogen. Ich bin dran. Um mich kümmert sich eine gewisse Carmen, wie das Schildchen an ihrer Brust besagt, und sie mustert mich aus dem Augenwinkel. Ich weiß nicht, was sie da erkennt, denn sofort senkt sie den Blick, als stimmte etwas mit unserer Wellenlänge nicht. Sie fragt, ob ich zum ersten Mal im Ärztezentrum sei, und ich antworte, definitiv.

»Ist das Ihr erstes Mal im CIEM?«

»Definitiv.«

Hinter mir sitzt eine Reihe von Frauen über vierzig in Sesseln und blickt auf ihre Handybildschirme. Eine lacht, die andere schaut überrascht. Fast keine sieht gleichgültig auf den Bildschirm ihres Samsungs; sobald sie es jedoch in der Handtasche verschwinden lassen, scheinen ihre Mienen sich aufzulösen, wie ein Stieleis aus Langeweile. Als wäre das Langweilen etwas Flüssiges oder eine bestimmte Temperatur.

Carmen gibt mir die Karte der gesetzlichen Krankenversicherung zurück und bittet mich, Platz zu nehmen. Ich setze mich und sehe mir die Werbung des Ärztezentrums an, die ein LED-Bildschirm an der Wand ausstrahlt. Eine Durchschnittsfamilie lächelt in die Kamera, ein Kind läuft, fällt und schlägt sich das Knie auf. Die junge Mutter kommt ihm schnell zu Hilfe und ruft einen Arzt, der im Nu bei ihnen zu Hause ist. Der Arzt, mit baumelndem Stethoskop und Designerbrille, klopft der Mutter auf die Schulter, und die sieht nun beruhigt in die Kamera und gibt irgendeinen Gemeinplatz von sich. Auch Väter kommen in den Infovideos vor, jedoch nur in Begleitung einer Frau. Auf die alleinstehenden Väter wird im Ärztezentrum nicht viel Wert gelegt, die alleinstehenden Mütter hingegen besitzen Stil und Charisma. Der Vater ist in der Regel ein weißer Mann mittleren Alters, der schweigend lächelt. Fast nie hat er etwas zu sagen. Gleich darauf sehe ich ein Video, das in anschaulichen Bildern erklärt, wie Eizellen eingefroren werden. Der Ton ist so leise, dass man nichts versteht.

Eine nach der anderen kommt dran, und die Frauen stehen auf, stecken ihre Handys weg und gehen seelenruhig zum Ultraschall, der ihnen sagen wird, wie es in ihrem Innern aussieht. Hinter der Kunstmarmortheke mustert mich Carmen immer noch aus dem Augenwinkel. Ich weiß nicht, ob ich sie an jemanden erinnere oder ob sie etwas von mir will. Jetzt verfolge ich auf dem Bildschirm, wie ein Expertenteam eine Frau mittleren Alters betäubt, ihr fünf, sechs Eizellen entnimmt und sie in einem Gefrierschrank verstaut, der wie ein futuristisches Spielzeug aussieht. Da kommt eine Frau herein, die noch keine vierzig ist – schon immer hatte ich ein Talent dafür, das Alter zu bestimmen, eine Art sportliche Eingebung oder ein obsessives Interesse an Gesichtern und Haut. Die Frau hat einen Kinderwagen mit einem schlafenden Baby dabei und ein Mädchen von drei, vier, fünf Jahren. Beim Alter von Kindern habe ich eher Schwierigkeiten. Die Frau streckt den Arm mit einer goldenen Krankenkassenkarte aus, und Carmen nimmt ihre Daten auf. Das CIEM ist das Ärztezentrum der Wahl für das ganze Viertel. Hier können wir Frauen optimistisch sein, neutral oder unglücklich, und niemand merkt es.

Das kleine Mädchen wandert allein im Zimmer umher und stößt gegen die Knie von zwei wartenden Frauen. Ich lache über den kleinen Unfall. Die Frauen blicken auf ihre Handys, merken es gar nicht. Da kommt das Mädchen zu mir. Ich bin die Einzige, die die Augen frei hat. Doch ich tue so, als wäre das anders, blicke auf meine Schuhe. Sie sind nicht makellos, Erde klebt an ihnen. Das Mädchen setzt sich neben mich. Es trägt ein T-Shirt mit einer sinnlosen englischen Aufschrift. Der LED-Bildschirm zeigt jetzt wieder den fügsamen Vater, die Mutter, die das Bein des Sohnes behandelt, und das Video mit dem Einfrieren der Eizellen. Carmen hinter ihrer Theke sieht immer noch zu mir herüber, als hätte ich ihr irgendwann das Leben versaut und könnte mich nicht im Geringsten daran erinnern. Sie starrt mich so hartnäckig an, dass ich mich fast bei ihr entschuldigen will. Die Mutter der Kinder steckt ihre goldene Karte wieder ein und sucht sich einen Sessel.

»Micaela, komm bitte. Stör die Señora nicht.«

Die Señora? Meine Körpertemperatur steigt an, weil ich anfange, mich aufzuregen, auch wenn ich nicht recht weiß, worüber. Wäre Felipe da gewesen, er hätte mich bei der Hand genommen, ermüdet von all dem, womit man bei mir rechnen muss, eine Geduldsübung eher für ihn als für mich. Er hätte mir die Fingerkuppen gestreichelt, mit einer plumpen Zärtlichkeit, die man fast mit einer Anfängerwut verwechseln könnte. Ich begreife nicht, wie diese Frau eine Señora in mir hat sehen können.

Carmen steht mit Papieren in der Hand auf und verschwindet zwischen den Glastüren mit den Werbefolien des CIEM. Das Mädchen von fünf, sechs, sieben? sitzt im Nachbarsessel und sieht mich an. Sie fragt, ob ich traurig sei.

»Bist du traurig?«

Ich lache. Zögere mit der Antwort.

»Ich glaube nicht. Du?«

»Machst du dir Sorgen?«

Ich antworte wieder, ich glaubte nicht, und beide blicken wir geradeaus auf die Fensterfront und das kahle Gebäude gegenüber, mit Anwohnern, die die Hitze der Stadt leid sind. Ihre Mutter bleibt stur, sagt von ihrem Sessel aus:

»Micaela, was habe ich gesagt? Gib Ruhe. Niemand will mit dir reden.«

Ich sage, sie solle sich keine Gedanken machen. Ihrer Tochter und mir, der Señora, gehe es gut. Die Frau lächelt mich an.

Micaela erzählt, sie sei als Experiment auf die Welt gekommen. Wieder verlangt ihre Mutter, sie solle still sein. Sie gibt dem Baby gerade die Brust, und da taucht Carmen wieder auf, lässt kräftig ihre hohen Absätze auf dem Laminat klacken. Sie setzt sich hinter die Theke und atmet tief durch. Fächelt sich mit der Hand Luft zu, als wäre ihr beim Gehen warm geworden.

»Was soll das heißen, als Experiment? Erfindest du das? Für Märchen habe ich keine Zeit«, sage ich lächelnd.

»Meinen Papa gibt es nicht. Der ist ein Reagenzglas.«

»Micaela!«, unterbricht sie die Mutter, während sie das Baby in den Wagen zurücklegt, als Doppelgespann mit ihm zu uns herüberkommt und sich entschuldigt, dass sie eine so widerspenstige Tochter habe, immer am Quasseln, immer so furchtbar clever.

Carmen nutzt die Bewegung im Raum und wagt sich hinter der Theke hervor, denn im Grunde ist ihr langweilig. Da sieht der Facharzt für Fruchtbarkeit herein, ruft meinen Nachnamen, und ich weiß nicht, soll ich antworten oder noch ein wenig im Sessel sitzen bleiben und Micaela und ihre Mutter betrachten und ignorieren, dass Carmen mich eindringlich wie ein Pressluftbohrer fixiert.

»Paulina Almada? Ist sie da?«

Carmen bejaht, geht zu mir und deutet auf mich, ihr Zeigefinger ragt aus ihrer so abgenutzten Jacke von so fadem Rot. Selbst bei meinem niedrigen Kilometerstand, Carmen, komme ich nicht aus dem Sitz hoch. Micaela gibt sich bereits einem untröstlichen Weinen hin, ihre Mutter sagt, sie solle bitte still sein, jetzt und für immer, das wiederholt sie ein ums andere Mal, dazu das Weinen des Babys, dieses nicht identifizierten Menschen, namenlos, mit noch zu wenig Persönlichkeit. Endlich stehe ich auf, denn Almada bin ich, und der Facharzt für Fruchtbarkeit wird mir sagen, ob ich wohl noch Mutter werden kann – falls ich mir schon im Klaren darüber bin, falls ich weiß, mit wem –, ob noch etwas von der Zeit in meinem Körper steckt, die ich habe verrinnen lassen. Ich streife Carmen mit dem Ellbogen an der Brust, schubse ganz leicht, weil sie mich so starr angesehen, mit dem Finger auf mich gezeigt hat. Carmen rückt zur Seite, mit erwartbarem, aber noch verhaltenem Ärger. Sie sagt etwas, was ich nicht verstehe. Ich frage nach. Sie sagt, sie habe nichts gesagt. Ich wiederhole die Frage. Und da beschwert sie sich doch, was mir einfalle, für wen ich mich hielte, dass ich da herumschubse und mit fremden Kindern rede. Bestimmt habe ich sie an ihre Mutter erinnert, an ihre Schwester, an irgendeine Frau, die ihr wenig Liebe und viel Grund zum Klagen gegeben hat. Ich schubse sie, weil ihre Abneigung nichts mit mir zu tun hat, sie geht in die falsche Richtung, aber arme Carmen, sie ist zu hohl, um das Missverständnis zu begreifen. Sie sieht mich mit runden, schwarzen Augen an. Sagt wieder etwas, was ich nicht verstehe, und da schubst sie zurück, und ich falle fast um, falle aber nicht und schubse ebenfalls, ein endloses Schubsen, mit dem wir erfolglos versuchen, einander aus dem Gleichgewicht zu bringen. Von klein auf hat man mir beigebracht, dass Mädchen das so machen.

Micaela schreit, au ja, au ja. Das Schauspiel begeistert sie. Das Baby plärrt. Ich denke ebenfalls, au ja. Auch das ist die Stadt. Wild gewordene Frauen, die herausfinden wollen, wie viel Zeit ihnen bleibt oder wie viel Zeit noch fehlt, bis sie sich nicht mehr dem Nachwuchs oder der Nachwelt verpflichtet fühlen müssen. Der Facharzt für Fruchtbarkeit packt mich an der Taille und zieht mich mit sich in sein Sprechzimmer und sagt:

»Señora Almada, Señora Almada, nichts dergleichen ist gesund.«

Zum Glück.

12.

EIN GEFÄHRLICHER GEDANKE

»Wie sieht's im Rachen aus? Was für ein Antibiotikum haben sie dir gegeben?«

Ich antworte Maite mit der Wahrheit. Dass ich beschlossen habe, zu Hause zu bleiben und den Tag über zu heulen, ein Plan mit Anfang, Mitte und Ende. Dass, so wenig ich meinen Körper auch kenne, wohl alles in Ordnung ist. Und wenn Belag im Rachen wäre, sähe der weiß aus, doch in meinem Fall sei da keiner, weil ich ihn erfunden habe. All das erzähle ich ihr. Ich kann hören, wie Maite leicht belustigt ins Telefon schnaubt.

»Aha. Wenn du dir Krankheiten erfindest, geht es dir also nicht gut, oder?«

Ich antworte nicht, weiß nichts darauf zu erwidern. Ihre Frage schließt die Antwort bereits ein.

»Nächstes Wochenende fahre ich nach Necochea und besuche Genaro. Ich dachte, vielleicht willst du mich begleiten, dann könntest du mich hinfahren, dein Auto ist ja repariert. Da gibt es Betten, Strom, Gas, Internet und Wasser. Falls du duschen willst oder mit jemandem chatten.«

»Wer ist Genaro?«, frage ich Maite.

Sie sagt, das sei ihr Vater, er sei über achtzig. Ich finde das eine gute Idee. Wir müssten nur mit ihm essen, ihm ein wenig

Gesellschaft leisten, ihm seine Medikamente geben. Ich frage, ob ich Gallardo mitnehmen kann, und Maite willigt ein. Solange sie sich nur mit Leuten umgeben kann, mit wem auch immer, ist ihr alles recht.

Am Samstag steht Maite um sieben Uhr morgens unten vor meinem Haus. Ich bitte sie, zu warten. Auch Pünktlichkeit kann ein Problem sein. Gallardo bellt mit der Wucht eines uralten Quadersteins, und ich versuche, mir die Zähne aufzuhellen. Im Radio heißt es, dass in der Nacht drei Männer und zwei Frauen eine Bank überfallen haben und entkommen konnten. Mit dem ersten Morgenzug. Ich frage mich, was hätte passieren können, wenn ich ihnen bei dem Überfall in die Quere gekommen wäre. Ich habe eine Tasche für fünf Tage gepackt, mit drei einfarbigen T-Shirts und zwei Hosen, die mir zu groß sind. Das mit dem Stil habe ich aufgegeben, wenn ich je einen hatte. Ich trage hellblaue Jeans und T-Shirts in den Grundfarben. Gallardo lege ich eine glitzernde Leine an, die ich letzte Woche gekauft hatte, weil mir etwas Glanz im Verlassensein angebracht schien. Ich weiß, es ist kein Verlassensein, ich weiß.

Als ich die Tür unten öffne, sehe ich, dass Maite eine neue Frisur hat. Ihr Haar ist noch nass, tropft auf ein weißes T-Shirt, unter dem sich die Brustwarzen abzeichnen. Sie hat eine Adidas-Tasche mit drei Sätzen Kleidung dabei, wie sie mir erzählt. Wir verabreden, dass zuerst sie fährt, denn ich bin noch zu müde. Ich steige ins Auto, und Maite sucht im Radio gleich den Sender mit Classic Pop. Die geballte Romantik des vergangenen Jahrzehnts färbt meinen Peugeot. Im Nu sind wir auf der Autobahn. Maite redet, aber ich nehme nicht alles auf, was sie sagt, noch nicht, nicht so früh. Wir hören Liebeslieder im Radio, auch wenn der Empfang hier und da bereits aussetzt und störendem Rauschen weicht. Maite fragt mich, ob ich Mate will. Ja, will ich. Der Hund auf dem Rücksitz schaukelt hin und her.

»Vielleicht machst du ihm das Fenster auf? Der Arme.«

Ja, sage ich, höre auf sie. Herrgott noch mal, immer höre ich auf andere. Der Hund streckt die Schnauze hinaus, und sein langes, schwarzes Haar wogt. Wie in einer Shampoo-Werbung. Ich mag nasses Haar bei Leuten nicht. Sie sehen dann so fettig aus.

Maite spielt jetzt eine ihrer vielen Playlists ab und fängt sofort zu singen an.

»Just running scared, each place we goooo … «

Maite singt laut, wirkt aber nicht besonders fröhlich. Das Lied auch nicht.

»Just running scared, feeling lowwww, running scared, you loved him sooo … «

Der Hund lässt vom Fenster ab, weil der Wind um die Schnauze ihn erschöpft hat. Er hechelt dahinten und döst ein. Ich kann ihn im Rückspiegel sehen. Armes, überwachtes Geschöpf.

»In dem Lied heißt es, dass ihn rasende Panik packt, weil sie jemand anderen allzu sehr geliebt hat, und nun hat er Angst, das Leben zu leben«, sagt Maite. Ich entgegne, aha, und sehe durchs Fenster all die Autos, die uns umringen, als machten sie uns den Hof. Werbeplakate für Mate-Tee zum

Abnehmen, für private Krankenversicherungen, für Milch-produkte, die uns erfolgreiche Fußballer empfehlen.

»Das ist eins meiner Lieblingslieder«, sagt sie.

»Scheint schön zu sein.«

»Jedes Mal, wenn ich es höre, packt mich die Lust, los-zurennen, ich meine, um zu fliehen, nicht um zu trainieren. Wie eben der Liedtext sagt. Die ersten Akkorde lösen etwas Seltsames in mir aus, als würde da etwas überströmen. Wie wenn man nicht begreift, ob das, was man sieht, wahr ist oder nicht.«

Maite singt weiter auf Englisch, während sie an dem Mate-Trinkrohr aus Plastik saugt. All das widert mich an. Dieser Mate für die Reise, die Geschichte mit dem deprimieren-den Lied, das Englisch meiner Freundin aus dem Büro, die Hundehaare, die auf dem Rücksitz eine bleibende Textur bilden.

»Wie geht es dir, Paulina?«

Mir wird bewusst, dass mich das schon lange niemand mehr gefragt hat. Wieder wende ich mich zum Fenster auf meiner Seite, ein perfektes Rechteck, das unablässig Bäume hinter sich lässt. Gern würde ich Maite erzählen, dass mich eine Fremde in einer öffentlichen Toilette umarmt hat, wüss-te aber nicht, wo anfangen. Ich müsste ihr von dem Blind Date erzählen, von dem falschen Profilfoto, von allem, was mich bis dorthin geführt hatte.

»Ich weiß, du redest nicht gern, aber uns bleiben sechs Stunden Fahrt, und ich glaube, ich bin deine einzige Freun-din.«

Ich mache dieselbe Geste wie immer, wenn ich nervös bin. Ich fasse mir an den Scheitel. Reiße mir unwillkürlich ein paar Haare aus, zwirbele sie auf dem Handteller. Hinter den Bäumen sehe ich Kühe und hinter den Kühen Telegrafenmaste. Hin und wieder ein einsames Haus im Nichts. Weiß oder grau, mit Dachziegeln und ein paar Stufen. Eben das, was wir alle für ein Haus halten, wenn wir fünf, sechs Jahre alt sind. Tür, Fenster, Dach, Wiese.

»Wie überleben diese Häuser ein Gewitter? Ob ihr Blitzableiter ausreicht? Das heißt, haben alle Blitzableiter, oder kümmert es die Leute nicht, die hierher ins Nirgendwo am Straßenrand ziehen, dass sie womöglich ein Blitzschlag mit Überschallgeschwindigkeit zerreißt?«

»Kümmert sie denn überhaupt irgendwas?«, erwidere ich.

Maite sieht mich leicht verärgert an. Diese Antwort hat sie nicht erwartet. Sie sagt, ich sei unmöglich, oder etwas in der Art, aber ich tue so, als hätte ich es nicht gehört.

Nie sehe ich Menschen um diese Häuser gehen, nie, auf keiner meiner Fahrten. Immer nur Landschaft, Fauna und Grün, aber niemals Menschen. Dann frage ich Maite, ob ich sie ablösen soll. Ich kann jetzt ohne Probleme fahren, bin inzwischen wach.

»Dann erzählst du mir also nicht, wie es dir geht«, beharrt sie.

Ich antworte, ich wisse es selbst nicht, sie solle mich nicht dadrinnen herumstochern lassen.

Fast eine Stunde später parken wir am Straßenrand, und Gallardo nutzt die Gelegenheit zum Pinkeln. Ganze Liter einer gelben, riechenden Flüssigkeit. Mein kleiner Hauselefant. Maite tut es ihm nach, aber weiter weg. Sie nimmt eine Schachtel Kleenex mit. Ich lasse das Radio laufen, damit ich nicht höre, wie es den beiden zwischen den Beinen hervorplätschert. Ich denke an Pornos und dass ich seit Langem keinen mehr gesehen habe. Maite kommt zum Auto zurück, knöpft sich dabei die Jeans zu und sieht auf ihr Handy. Von Weitem ruft sie:

»Manuel hat geschrieben.«

Ich rufe zurück, mir sei entfallen, welcher Manuel sei.

»Er fragt, was ich heute Abend mache. Ich weiß nicht, was ich ihm sagen soll. Was sage ich ihm?«

Ich frage, warum sie das nicht wisse. Was sonst soll sie ihm sagen, als dass sie auf dem Land ist, also nicht kann und gerade keine Zeit zum Telefonieren hat, weil sie mit der einzigen erwachsenen Frau beschäftigt ist, die behauptet, ihre Freundin zu sein, mitten auf einer Straße in der Provinz Buenos Aires, in Begleitung einer Promenadenmischung. Maite geht mir allmählich auf die Nerven, und es sind noch fünf Stunden Fahrt bis zum falschen Landparadies. Jetzt rutscht sie auf den Beifahrersitz und vergräbt das Gesicht in den Händen. Das war's. Ich habe sie verloren.

»Manuel ist der, der auf- und abtaucht. Wir treffen uns, und dann höre ich einen Monat nichts von ihm. Schließlich schreibt er wieder, als wollte er sich entschuldigen, tut es aber nicht, wir schlafen eine Nacht miteinander, zwei, drei Mal, und dann taucht er wieder ab, als wäre das ganz was Neues. Als hätte er das nicht schon getan. Erinnerst du dich jetzt?«

Ich lüge und bejahe. Der Hund ist unruhig, er will, dass wir weiterfahren.

»Einmal hat er mir bei sich zu Hause in der Calle Talcahuano gesagt, dass er mich liebt, ich solle ihm vergeben, dass er so ein verrückter Kerl ist, aber lieben könne er mich trotzdem. Wir haben uns am Bahnhof Retiro kennengelernt, ich glaube, ich habe dir davon erzählt. Ich wollte nach Necochea und er in die Pampa.«

Ich sage, das habe sie mir nicht erzählt. Auf keinen Fall. Ich lasse den Wagen an. Jetzt sitze ich am Steuer und höre Maite gern beim Reden zu. Es ist wie Rückenwind. So widersprüchlich sind die Gefühle, die ich meiner einzigen Freundin entgegenbringe.

»Die Busse hatten Verspätung, und er hat mich zu Butter Toffees eingeladen, die mit Minze und Schokolade. Ich habe angenommen, obwohl ich Pfefferminze einfach widerlich finde. Zusammen haben wir wohl an die sieben gegessen. Dann haben wir uns wild geküsst, wie aufgeregte Seehunde, haben einander auf den harten Bahnhofssitzen Backen und Ohren besabbert. Ein kleines Mädchen um die sieben, acht hat uns erstaunt zugesehen, und die Mutter hat ihm die Augen zugehalten. An alles erinnere ich mich. Dann ist Manuel in seinen Bus gestiegen, der eine halbe Stunde vor meinem abfuhr, und hat mir vom Fenster aus gewinkt. Das war fast so, als hätte man jemanden in einem Club kennengelernt, bloß eben nicht im Club. Wir wollten uns nach unserer Rückkehr in Buenos Aires treffen, er war auch mehrmals bei mir, aber es war immer das Gleiche mit der Beziehung, als würde er anschließend wieder in einen Bus steigen, der ihn kilometerweit von mir entfernt. Also bin ich mir unsicher, was ich ihm sagen soll. Denn weißt du was, Paulina?«

»Was?«, frage ich und blicke in den Rückspiegel.

»Wer sich auf eine Beziehung einlässt, in der nichts wirklich klar ist, der kann auch gleich ohne Handschuhe in den Ring steigen. Und die Wahrheit ist, dass ich am Ende immer allein nach Hause komme. Ich gehe durch die Straßen im Viertel, frage nach Feuer für meine Marlboro, spreche laut vor mich hin. Dann komme ich nach Hause und lege mich ins Bett, spüre das scharfe Stechen im Rücken, die chronische Verspannung, das tödliche Schwert des Alleinseins, Tag für Tag.«

Gallardo bellt Maite ins Gesicht. Er begreift, dass etwas nicht stimmt. Maite fährt zusammen. Ich sage Gallardo, er solle Ruhe geben dahinten, unseren Gast nicht aufregen. Tiere verstehen alles, und wieder erschreckt mich das. Jetzt lächelt Maite. Ich rate ihr, Manuel nicht zu antworten. Sie wisse ja, das sei jemand, der komme und dann wieder gehen werde. Maite antwortet nicht. Mein Satz klingt hübsch, ist jedoch keine Erleichterung. Wir schweigen. Der Wind füllt mit seinem Rauschen den Augenblick.

Da fahre ich also meinen frisch überholten Peugeot 307 aus. Wie stolz ich bin. Säße ein anderer Gesprächspartner im Auto neben mir, ich würde ihm jetzt sagen, dass ich allmählich begreife, wie sehr das Alleinsein auf diesem Erdball dem Verlust eines Körperteils ähnelt. Dem Schmerz nach einem Unfall oder einer Amputation, dem Spüren des Phantomglieds, das sich nie mehr bewegen wird, auch wenn das Gehirn sagen mag: Du kannst es! Aber nein. Ich habe nur Maite, und deren T-Shirt ist schon voller Ruß, die Hände faltig, die Angst umwindet sie wie eine Kletterpflanze, also nein. Ich werde ihr nichts davon sagen.

13.

Da sind Krankenwagen. Vielleicht ist es auch nur einer, wirkt aber wie mehrere. Ich könnte schwören, dass da jede Menge Reifen über das Pflaster rollen und grüne wie rote Lichter rotieren, wie auf einem Maskenball. Ich könnte schwören, die Sirenen erklingen in harmonischem Takt, fast höre ich einen Refrain. Dieser vermeintlichen Notfallmelodie könnte ich sogar einen Text unterlegen, als wäre das hier ein Tanzclub in der nächtlichen Stadt. Aber nein. Da sind Leute mit Schürzen und grünen Poloshirts. Ein Mann mit rosigem Teint und etwas unregelmäßiger Haut an Stirn und Nase redet aus nächster Nähe auf mich ein. Wahrscheinlich hat er spät die Windpocken bekommen, verheerend für die Glätte der Haut. Ich höre kaum hin. Er trägt Latexhandschuhe, die ich nicht sehe, aber im Nacken spüre. Seine Zähne verströmen Colgate-Aroma. Er bewegt den Mund, aber von seinen Lippen kann ich kaum lesen. Das finde ich lustig, weiß aber nicht, ob ich ein Lachen hervorbringe, außerdem tut diese Rumpfbewegung weh. Ich glaube, er sagt: Bleib bei uns, bleib bei uns. Und ich denke: Ich bleibe, rosiger Mann, ich bleibe. Wo soll ich auch hin?

Momentan nehme ich die Farben überdeutlich wahr. Selbst die verschiedenen Schattierungen der gleichen Farbe. So einen subtilen Blick habe ich nie gehabt, aber jetzt eben doch. Wie eine erworbene Kenntnis, eine Fähigkeit, die mir der Unfall beschert hat.

Der rosige Mann leuchtet mir mit einer winzigen Lampe ins linke Auge, dann ins rechte. Auch in die Ohren. Das Licht dadrinnen ist warm. Eine der ersten angenehmen Empfindungen. Auf einer Trage befördern sie mich aus dem Peugeot irgendwo anders hin, vermutlich in das Innere eines Krankenwagens. Meine Beine reagieren nicht, obwohl ich ihnen Signale sende. Sie sind im Puddingmodus. Im Dessertmodus. Immer noch sind wir mitten auf der Straße, doch ich habe keinerlei Vorstellung, wie viel Zeit vergangen ist. Eine Schar Leute hat sich versammelt und gafft; so nah war ich noch nie daran, Mittelpunkt von etwas zu sein. Bleib bei uns, Paulina, bleib bei uns. Wieder finde ich das lustig. Rosiger Mann, wo soll ich auch hin? Woher weißt du, wie ich heiße?

Zusammen mit anderen Sanitätern, die ich nicht sehen kann, heben sie meinen Kopf. Legen mir mit größter Vorsicht eine Halskrause an. Ich bin eine Nippesfigur, die hinuntergefallen ist. Sie legen mich auf eine Bahre. Der rosige Mann hält ein Beatmungsgerät und wiederholt: Paulina, Paulina. Ihm gefällt wohl mein Name. Er pumpt mit dem Gerät, das nach Chlor riecht, und ich spreche gut darauf an. Meine Augen haben sich noch weiter geöffnet. Die Farben treten noch intensiver in meinen Blick. Als hätten sie mir etwas gegeben, doch mir scheint, das war bisher nicht der Fall. Der Mann hat Blut am Shirt, am Arztkittel oder was immer er anhaben mag. Er versucht, Blickkontakt mit mir herzustellen, aber ich kann nicht. Ich schwebe zwischen zwei Orten, der eine unter diesen Männern und Frauen, die aussehen wie Rettungshelfer oder Bergsteiger, der andere einer, der mich todmüde macht und wo ich mich auf eine flauschige Luftmatratze legen darf, die nach Vanille oder Tabak riecht. Ein Ort, an dem mein Körper nicht schmerzt und ich den Rücken strecken kann wie eine Katze. Paulina, Paulina. Da ist das Blaulicht eines Polizeiwagens, da sind Männer in Blau, oder doch in Grün? Irgendwo bellt der Hund, und jemand spricht mit ihm: Ganz ruhig, deine Mama wird schon wieder. Wir hüten dich. Du bist ein hübscher Hund. Ist das nicht ein herrlicher Hund, Jorge? Und dieser Jorge antwortet: Ja, aber was ist das für eine Rasse? Weiß ich nicht. Sie antworten ihm, das wüssten sie nicht. Wahrscheinlich eine Kreuzung aus Schäferhund und Border Collie. Wenn sein Frauchen stirbt, könnten wir ihn behalten, meinst du nicht? Und Jorge antwortet: Etwas groß fürs Wohnzimmer. Und sie entgegnet: Hunde sind immer etwas groß, Jorge. Und Jorge sagt: Na gut, wenn sein Frauchen stirbt, behalten wir ihn. Aber nur wenn sein Frauchen stirbt.

14.

EIN HUND ODER EIN KIND

»Kannst du dir dahinten ein Kleines vorstellen, in einem Babysitz mit eingebautem Airbag?«

Als Maite mich das fragt, weiß ich nicht, wie ich ihr sagen soll, dass ich selbstverständlich schon oft daran gedacht habe, aber lieber darüber schweige, denn immer wenn ich daran denke, scheint in mir drinnen etwas zu zersplittern. Als hätte sich eine Fischgräte für immer in ein wichtiges Organ gebohrt. Tack!

Die Mittagssonne könnte uns umbringen, aber wir überleben. Wir haben fünfziger Sonnencreme und Sonnenbrillen auf der Nase. Maite hat die Beine hochgezogen. Sie streichelt Gallardo, weil der Hund unruhig ist: Er winselt, legt sich hin, setzt sich auf, legt sich hin, winselt, bellt.

»Wenn schon ein Hund auf einer sechsstündigen Fahrt nervt, stell dir erst ein Baby vor.«

Ich sehe in den Rückspiegel. Meine Arbeitskollegin hat recht, aber ich habe keine Lust, ihr zu antworten.

»Es weint, kotzt. Ihm kommen alle nur möglichen Flüssigkeiten aus Mund, Nase, Ohren. Und was weiß ich noch alles. Ich bemühe mich, diese ganze Babygeschichte zu hassen, aber es hilft nichts. Selbst fremde Kotze in Miniatur motiviert mich«, sagt Maite und streichelt jetzt den Hund auf eine manische, ganz und gar nicht ruhige Art. »Ich begreife noch immer nicht, woher dieser Funke kommt, dieser heftige Impuls, dieses Verlangen, das vielleicht auch ein sprödes Licht sein könnte oder ein Schrei. Genau das, ein anfeuernder Schrei. Wie auf einer Tribüne, nur nicht so groß, ja, eine bescheidene, aber anrührende Tribüne. Du weißt schon, was ich meine«, sagt Maite, lässt von Gallardo ab und setzt die Sonnenbrille wieder auf, um aus dem Fenster zu sehen, auf diese Kühe, die da weiden und wahrscheinlich ihre letzten Augenblicke erleben.

Da schlage ich mit einem Enthusiasmus vor, der mir völlig neu ist und aus heiterem Himmel kommt, dass wir einfrieren. Dass wir einen Termin vereinbaren und das Verfahren gemeinsam durchlaufen. Sollen sie uns betäuben und so viele Eizellen wie möglich entnehmen, damit wir dieses Verlangen noch ausdehnen können.

»Du schlägst vor, wir sollen etwas planen, was über diese Fahrt hinausgeht? Du glaubst, nach all den gemeinsamen Stunden könntest du noch etwas mit mir unternehmen? Ich kann es nicht fassen. Du bist wahnsinnig.«

»Ja, aber das wusstest du schon«, entgegne ich.

»In letzter Zeit ist mir kein Plan untergekommen, der mehr zum Scheitern verurteilt wäre.«

»Du lügst.«

»Aber du magst mich doch gar nicht, oder?«, fragt sie.

Selbstverständlich antworte ich nicht.

»Das ist schweineteuer«, sagt sie.

»Es ist erschwinglich.«

Schon wieder macht mein Peugeot dieses störende Geräusch. Ich hoffe, es sind nicht die verflixten Bremsen. Drei Autos mit Metalliclackierung überholen uns hintereinander. All diese Leute, die an ihrem Mate saugen und dabei unangemessen schnell fahren. Drei genau gleiche Wagen? Was ist da los?

»Ein Haufen Idioten. Irre, Heuchler, aber vor allem Idioten!«, sage ich und blicke in den Rückspiegel. Gallardo leidet, armer Hund. So ist das Leben. Offensichtlich habe ich das Tempo gedrosselt, weil wir wichtige Dinge besprechen, und da fahren sie, die sorglosen, einander gleichen Idioten, einen Kilometer weiter vorn dahin.

»Meinst du das ernst, Paulina?«, fragt Maite.

»Ziemlich«, entgegne ich. »Eine Progesteronspritze pro Tag oder eine mit Choriongonadotropin, glaube ich, eine Woche lang. Allgemein wird empfohlen, sie in den Bauch zu geben, in der Nähe des Nabels. Das musst du lernen oder jemanden bitten, dass er dich spritzt. Oder sogar einen Krankenpfleger oder eine Krankenpflegerin engagieren. Nach den Spritzen können dir Beine und Arme anschwellen, du fühlst dich vielleicht sogar hektisch, mit Herzjagen, oder extrem müde.«

»Der Horror.«

»Das ist so etwas wie ein Hormonbeschleuniger, wie ein Pflanzendünger in flüssiger Form. Der geht direkt ins Blut, also ohne die ganze Verdauung zu durchlaufen. Die Zeit drängt. Du blähst dich zwar auf wie ein Mammut, aber dann steckst du voller Möglichkeiten. Und all diese Möglichkeiten werden dir dann unter Vollnarkose entnommen.«

»Eine echte Vollnarkose?«

»Eine echte. Du kriegst nichts mit, und deine Eizellen entschlüpfen dir für eine Weile, damit du dir keine Sorgen mehr machen musst. Vier, fünf, sechs. Im besten Fall eine zweistellige Zahl, aber Frauen in unserem Alter haben wenige Eizellen.«

»Bist du bereit, so viel Geld für etwas mehr Zeit auszugeben?«, fragt mich Maite, während sie eine Tüte Quittenkerne öffnet, glutenfrei und ohne tierische Fette.

»Haben wir eine andere Möglichkeit?«

»Wir sprechen hier nicht von Möglichkeiten. Kannst du dir ein Baby vorstellen, dem in seinem Sitz hinten schlecht wird, während du es durch Stadt und Umgebung kutschierst? Kannst du dir vorstellen, wie du in Zeichentrickstimme mit ihm sprichst, damit es sich beruhigt und nicht allein fühlt? Kannst du dir diesen Haufen Zeit vorstellen, der nur dich betrifft, ohne sonst jemanden an deiner Seite, nennen wir ihn Vater, Vormund, Erziehungsberechtigten, der dir helfen könnte oder so etwas wie das Vatersein ausübt, freundlich und so zartfühlend, dass er dich nicht erdrückt?«, fragt Maite.

»Ja, natürlich«, antworte ich.

»Aber das ist schweineteuer.«

»Es ist erschwinglich.«

»Ich wusste nicht, dass du dir all das schon überlegt hast.«
Darauf gebe ich keine Antwort.

»Ich wusste nicht, dass du Mutter werden willst.«

»Ich auch nicht«, sage ich, den Mund voll glutenfreiem Mehl und mit leichtem Brechreiz, weil ich mitten auf einer

Straße in der Provinz Buenos Aires so hemmungslos Bedeutsames von mir gegeben habe. Maite und ich blicken nach vorn. Wir schweigen. Das hätten wir seit Beginn der Fahrt tun sollen. Schweigen.

»Ich weiß nicht, was es ist. Das bin nicht ich«, sage ich kurz darauf. »Etwas Größeres als ich will das. Etwas anderes. Und mir scheint, ich muss darauf hören.«

Bald parken wir wieder am Straßenrand. Die restliche Fahrt über reden wir nicht mehr. Wir zwei sind gefakte Thelma und Louise, wir haben weder Stil noch Mut, aber wir sind ohne Männer und auf der Flucht. Gefangen in dieser Weltordnung, die besagt, dass wir weiterhin Länder, Städte und Gemeinden mit Menschen füllen müssen. Mag das Davonfahren auch wie Freiheit aussehen, das hier scheint genau das Gegenteil zu sein.

Gallardo pisst neben einer Kapelle für Gauchito Gil. Er pisst wahre Fluten. Ein Hund, der Volksheiligtümer schändet. Maite fotografiert ihn beim Pinkeln, um nachher das Foto hochzuladen. Das könnte witzig sein, aber nichts davon entlockt uns ein Lächeln. Gallardo legt sich auf die Wiese und sperrt das Maul auf, um ein Fliegenduo zu verscheuchen, das versucht, ihm zumindest heute das Leben zu vergällen. Ich zünde mir eine Zigarette mit weißem Filter an und inhaliere, so tief ich kann, was nicht sehr tief ist.

Maite will einmal ziehen, und im Hin und Her des Rauches lassen wir den Nachmittag eintrudeln. Beide husten wir, denn wir sind nicht gewöhnt an solche Reize. Die Straße ist ein anhaltendes Rauschen, kann aber das Rauschen in unseren

Köpfen nicht überdecken. Mal ähneln sie sich. Mal begleiten sie einander. Maite beugt sich hinunter und küsst den Hund, der sich allzu sehr darüber freut, ihr seinen Bauch hinhält, mit dem Schwanz wedelt.

Maite streichelt ihn, sagt ihm Dinge, die sich nach Liebe anhören. Der Hund ist dankbar. Es ist ein einfacher Austausch. Maite aalt und verliert sich darin. Erleidet Schiffbruch. Dann multiplizieren sich die Fliegen.

15.

LAND IM OFF

Weitab im Off ist also das kleine Stück Land an einem Weg, der an Quequén grenzt. Es ist ein rechteckiges Fleckchen Erde, irgendwo in der Provinz Buenos Aires, mit dürrer Wiese und einer Holzschaukel, die der Regen zerfressen und die niemand zwangsgeräumt hat. Es gibt ein Schwimmbecken, drei Meter lang und eineinhalb tief. Schätze ich zumindest vom Rand aus. Das Wasser ist grün, und Mücken sammeln sich dort. Gallardo rennt kaum, ganz der Wohnungshund, und reagiert sich dann an einer einäugigen Katze ab. Ich sage Maite, ich wisse nicht, wie Gallardo auf freche Katzentiere reagiere, und sie entgegnet, die Tiere wüssten sich zu verteidigen. Das Risiko sei auf Seiten des Hundes, nicht der einäugigen Katze. Wir laden ein paar Tüten aus dem Peugeot aus und die Plastikteile von Maites Fertig-Mate, Marke Taragui. Dieses widerliche Zeug. Drei dürre Hühner machen ki, ki, und ein junger Mann um die zwanzig radelt vorbei. Es ist schon fast vier Uhr nachmittags, und wir haben kaum etwas gegessen. Mein Magen fühlt sich so krank an wie die Landschaft, die uns umgibt. Ich frage Maite, wer der radelnde junge Mann ist.

»Ich weiß nicht, wie er heißt. Der kommt immer hier vorbei. Er ist entweder stumm oder schlecht erzogen. Ich hatte noch keine Zeit, herauszufinden, welches von beiden.«

Wir gehen ins Haus, und es riecht nach Pisse. Genaro trägt eine Verneblermaske über der Nase und sieht im Fernsehen eine Tanz-und-Sing-Show. Maite begrüßt den Vater mit einem Kuss auf die Wange. Ich tue es ihr gleich. Dieses Stück Haut ähnelt einem gepflügten Feld aus weißen Haaren, hart und alt. Ebenso der Geruch. Genaro ist achtzig und ermüdet schnell beim Gehen. Sein Herz schlägt langsam, und wenn er lacht, fängt es zu rasen an, hüpft vom niedrigen zum hohen Blutdruck wie ein fröhliches Kaninchen. Genaro sieht mich an und weiß nicht, wer ich bin, ja vergisst sofort, dass es mich gibt.

»Hast du dich mal umgezogen, Papa?«, fragt Maite.

Der Mann hört schlecht und ärgert sich darüber. Diese Choreographie aus Frage und Antwort wiederholt sich unablässig zwischen ihnen, wie ein nervöser Tick.

Mein Handy brummt, und ich muss zittern bei dem Gefühl, dass jemand nach mir verlangt. Ich blicke auf den Bildschirm und sehe, dass Felipe mir Nachrichten schickt. Viele Nachrichten. Eine nach der anderen. Prasselnd wie ein Sturzregen. Er fragt nach dem Deckenventilator, ob ich etwas dagegen hätte, wenn er vorbeikomme und ihn mitnehme, denn seine Mutter habe nicht genug Ventilatoren, und die Hitze sei höllisch. Das Höllische des Klimawandels betont er besonders. Er schreibt auch, wenn meine Antwort negativ sei, kein Problem, er könne sich einen auf Raten kaufen, aber in letzter Zeit sei er etwas knapp bei Kasse. Ich solle mich in ihn hineinversetzen, wie schwierig der Auszug in finanzieller Hinsicht für ihn gewesen sei, die einzige Hinsicht, die er in dem nicht endenden Wasserfall von Nachrichten erwähnt. Tatsächlich hatte ich erwartet, dass er noch etwas hinzufügen würde. Dass diese Hitze nicht nur mit der Umwelt, sondern mit einem inneren Schmerz zu tun hat, denn eine Trennung erzeugt derlei Emotionen. »Verreck doch«, antworte ich und mache das Handy aus.

Jetzt interessiert mich viel mehr, ob Genaro sich umgezogen hat oder nicht. Nach der Farbe seines Pullovers zu schließen, würde ich sagen, nein. Da Maite nicht mehr im Wohnzimmer ist, sehe ich mir an, wie im Fernsehen ein Pärchen beim Tanzen zu Axé Bahía schwitzt. Genaro lacht, und sein Vernebler löst ein Höhlenecho aus. Über den Küchentisch promenieren aberhundert Fliegen, und der Kühlschrank macht ein Geräusch, bei dem ich diese Nacht, da bin ich sicher, kein Auge zutun werde.

Der Ventilator? Herrgott noch mal. Wer denkt an so was?

Maite kommt zurück, ein T-Shirt mit dem Parteiabzeichen eines Expräsidenten in der Hand, und streift es dem Vater über, der für eine Sekunde mit nacktem Oberkörper dasitzt. Draußen knurrt Gallardo die mageren Hennen an, die ihn gleichgültig mustern. Ich rufe ihn. Der Hund kommt. Ich rufe ihn, der Hund kommt. Ich rufe, er kommt. So etwas passiert nur mit Haustieren; wir sollten sie nicht zu sehr an uns gewöhnen.

Maite wirft einen Blick in den Kühlschrank.

»Den müssen wir abtauen, aber dadrinnen ist ein ganzes Huhn für drei. Was meint ihr?«

Meine einzige Freundin ist begeistert von der Idee, ein totes Tier aufzutauen und es mit mir und ihrem üppig riechenden Vater zu teilen. Ich nicke und gehe ins Schlafzimmer. Immer noch höre ich von Weitem Axé Bahía. Das Tanzpaar hat anscheinend eine hohe Punktzahl bekommen, denn das Publikum klatscht.

Es gibt zwei Einzelbetten, dazwischen ein Nachttisch. Er ist aus Holz und übersät mit Stickern von Tieren, Fernsehstars, englischen Sprüchen. Das Zimmer hat kein Fenster, es lässt sich nur durch die offene Tür lüften. Ich lege mich auf das linke Bett. Die Matratze bietet mir wider Erwarten genügend Halt. Sie ist fest und leicht zugleich. Ich verdecke meine Augen mit dem Arm. Draußen fallen von irgendwoher Tropfen herab, Reste eines Regens, den wir nicht erlebt haben. Es ist mir ein Rätsel, wie all die einäugigen Katzen, die ich durchs Fenster gesehen habe, überleben können. Ich strecke die Beine aus, versuche, sie so weit wie nur möglich von mir zu entfernen. Bis man meinen könnte, es wären die Beine von jemand anderem. Manchmal gelingt mir das. Ich schlafe ein.

16.

Sie betten mich vorsichtig und eilig, so paradox das klingen mag, hinten in einen weißen Transporter. Das ist nun tatsächlich ein Krankenwagen. Gefahren bin ich allerdings noch nie in einem. Da hängen Kabel, Defibrillatoren, Serumbeutel, Schienen. Gesundheitsspielzeug. Der rosige Mann sieht mir immer noch in die Augen. Besteht darauf, dass ich bei ihm bleiben soll. Als wäre er mein Leibwächter oder eine künftige Liebschaft. Ich halte den Schmerz im Rücken nicht mehr aus. Es mag das Fieber sein oder der Schock, jedenfalls stelle ich mir vor, dass drei Musketiere ein ums andere Mal ihre Degen in mich bohren und ich in Sturzbächen blute, während der Mann da mit anderen Frauen und Männern spricht, die ich nicht sehen kann. Sie notieren etwas auf Zettel, in Notizbücher. Horchen mich ab. Betrachten mich mit Entsetzen. Legen mir eine Sauerstoffmaske an, und ich kann kaum mehr die Augen bewegen, so sehr zwängt mich die grüne oder vielleicht auch gelbe Halskrause ein. Wo meine Beine oder Füße abgeblieben sind, weiß ich nicht.

Ob jemand diesen Bereich meines Körpers untersucht? Hinter ihnen allen erkenne ich undeutlich die Fünfzehnjährige, die Überlebende mit den langen Haaren. Sie ist mit im Krankenwagen. Weint immer noch fassungslos: Wird das Alter sein, das arme Silberglöckchen. Nichts kann ich für sie tun, schließlich weiß ich noch immer nicht, wer sie ist. Ich sehe sie schlecht, kann auch den Hals nicht drehen. Alles ist gelb, wie mit Bilirubin gefärbt. Jemand vom Fach sieht der Fünfzehnjährigen in die Augen und versorgt ihre Kopfwunde mit einem Gazeverband. Sie zittert, glaube ich. Ich schließe die Augen, müde von dem Versuch, Aufmerksamkeit auf etwas zu richten. Mein Rücken ist patschnass, der Hintern ein Backstein in praller Sonne. Er brennt fürchterlich. Noch nie habe ich an so vielen Stellen so viel Schmerz auf einmal gespürt. Unmöglich, jedes einzelne Symptom zu verstehen. Ich höre, wie die Fünfzehnjährige mit mir spricht. Sie fragt, ob es mir gut gehe, ob ich noch bei ihr oder dem rosigen Mann sei. Ich begreife nicht, was sie da aushecken. Wo ist wohl mein Auto abgeblieben? Wer kümmert sich um das Privateigentum einer Frau, die gerade ihren Körper verloren hat? Als der Lärm, den sie alle veranstalten, etwas nachlässt, kann ich das Radio des Fahrers hören: Klassiker der Achtziger, genau die hatte ich auch gehört vor dem Zusammenstoß?, Aufprall?, Abgelenktsein? In diesem Hit aus den frühen Achtzigern, also vor meiner Geburt, heißt es: »Die Worte fallen mir nicht leicht, wie kann ich dir nur zeigen, dass ich dich liebe? Die Worte fallen mir nicht leicht, nur so kann ich dir sagen, dass ich dich liebe.« Zusammengekracht auf einer Straße in Buenos Aires, denke ich: Nur so kann ich dir sagen. Dich wissen lassen.

17.

DIE JUNGEN LEUTE

Ich gehe hinaus auf die dürre Wiese, Genaro sonnt sich gerade auf einem verrosteten Liegestuhl. Er sagt: »Guten Tag, Mädchen«, und ich hebe als Antwort die Hand. An diesem Ort herrschen über vierzig Grad, mein einziger Gedanke ist, ins Wasser zu tauchen. Maite reicht mir Mate, und wir setzen uns schweigend aufs Gatter. Gallardo begrüßt mich und wedelt mit dem Schwanz, drei Kater und eine Katze umschleichen ihn. Offenbar hat er begriffen, dass er hier mit seinem Instinkt nicht weit kommt.

»Ich habe Manuel geantwortet. Wir haben uns für Montagabend nach der Arbeit verabredet.«

Ich frage, warum sie das getan hat. Maite antwortet nicht. Gerade lernt sie, sich das Schweigen zunutze zu machen, so wie ich. Sie füllt mir den Mate auf. Mir gefällt, wie sie das tut, sie gießt schön am Rand der Blätter nach, die so üppig sind, dass man sie nicht ertränken will.

»Vielleicht rede ich dann mit ihm. Sage, dass ich es nicht gut finde, wenn er einfach so verschwindet. Ich will mich nicht bloßstellen, aber diese Ungewissheit macht mich fertig. Ich werde ihm sagen, dass ich etwas Stabilität brauche.«

Ich entgegne, das fände ich gut. Und bloßgestellt werde da höchstens der *modus operandi* des Mannes, ob von Manuel oder sonst jemandem. Die Strategie des Abtauchens sei so primitiv, dass sie fast schon etwas Liebenswertes habe. »Sieh mal, was er jetzt tut, er verschwindet. Sieh mal, was er jetzt tut, da ist er wieder. So ein Geschöpf des Himmels, so einfach.« Maite lacht, ich ebenso.

»Willst du nicht in den Badeanzug schlüpfen? Ich weiß, das Schwimmbecken ist ekelhaft, aber wenigstens sind wir im Wasser«, sagt Maite, steht auf und geht in die Küche.

Ich ziehe mich im Badezimmer aus und bin nur Haut und Knochen. Als Erstes geht bei mir der Appetit über Bord. Wer denkt schon an Huhn, Eintopf, Ventilatoren? Ich kämme flüchtig mein rotes Schambein, diesen Fluchtpunkt meines Körpers. Beschließe, mir einen Pferdeschwanz zu binden, denn offene Haare stehen mir nicht. Der Badspiegel ist voller Wasserflecken, was den Anblick noch schlimmer macht. Mein Badeanzug ist schwarz, Aufmerksamkeit werde ich keine erregen, nie wieder, niemals. Ich nehme ein paar Schluck Leitungswasser und gehe halb nackt hinaus aufs dürre Land. Genaro sonnt sich noch immer, erklärt, wie wichtig Vitamin D für den Körper sei. Es würde mich nicht wundern, wenn er in der Hitze verbrutzelt wie ein Stück Papier im Feuer.

Maite lässt bereits die Beine ins grüne Wasser hängen. Sie trägt einen Badeanzug mit kleinem Fischmuster. Sie scheint an diesem Stück aus ihrer Kindheit zu hängen und hat sich nicht davon trennen können, ein Übergangsobjekt. Gallardo leckt ihr Gesicht und Haar. Maite lässt ihn gewähren. Wir tragen Mückenschutzmittel auf, denn wir sind Kanonenfutter.

»Sag, willst du nicht rein?«

Doch. Und schon bin ich in der fauligen Pfütze. Genaro kommt zu uns und sagt etwas, was ich nicht verstehe. Maite steht auf und geht zu ihm. Bestimmt redet er wirr. Ich bleibe allein in diesem Fleckchen Wasser, das nach toten Pflanzen riecht. Hier kommen die Mücken nicht hinein, und mein Körper kann sich endlich erfrischen. Ich schlinge mir das Haar zu einem Dutt zusammen und sehe es zum ersten Mal glänzen. Gut so.

Ich trällere ein Lied, das mir im Traum eingefallen ist, und höre Schritte auf dem dürren Gras. Als ich mich umdrehe, sehe ich zwei Leute auf mich zukommen, den jungen Mann um die zwanzig, der bei unserer Ankunft vorbeigeradelt war, und ein junges Mädchen mit glattem Haar, sehr jung sogar, aber auch kein kleines Mädchen mehr. Beide rauchen selbstgedrehte Zigaretten und starren mich an. Ich tue so, als sähe ich sie nicht, und tauche unter, ich habe keine Lust, mit Unbekannten zu reden. Gallardo bellt sie an, und sie sagen: »Na, na.« Vom Beckenrand aus beobachten mich die jungen Leute. Mir scheint, sie reden mit mir. Ich werde auftauchen müssen, denn mir geht die Luft aus.

»Hallo«, sagt der Zwanzigjährige.

Ich tauche auf und schnäuze mich, befördere Wasser aus den Lungen. Dann erwidere ich den Gruß, und es folgt Schweigen. Gallardo bellt immer noch, weil er sie nicht kennt. Seit dem Morgen ist der Hund hysterisch, freies Gelände ist nicht seine Königsdisziplin.

»Hallo«, sagt nun sie mit einer so hohen Stimme, dass sie wie verzerrt wirkt.

»Willst du rauchen?«, fragt er.

Ich sage, na gut, danke, frage, ob es Tabak oder Marihuana sei, denn mir graut vor dem Gedanken, ungewollt Drogen zu nehmen.

»Sind selbstgedrehte. Den Tabak kaufen wir im Maxikiosk, bei Maxi.«

Um mir die Zigarette hinzuhalten, bückt er sich zum Becken hinunter. Ich bedanke mich und ziehe daran. Sie ist feucht. Von ihrem Speichel oder seinem.

»Ich bin Felipe und wohne nebenan. Das ist Lara, meine kleine Schwester.«

»Hallo Felipe, hallo Lara«, sage ich.

»Wir haben uns gelangweilt und gesehen, dass nebenan junge Leute sind. Mit dem Alten reden wir nie, weil er uns nicht hört und wir schreien müssen«, sagt Felipe. »Nur einmal haben wir ihn besucht, als uns besonders langweilig war. Er hat uns Mate aufgegossen und sich dabei die Hand verbrannt. Wir mussten sie mit Küchenrolle verbinden.«

Ich sage, klar, und lächele. Das Becken werde ich nicht verlassen. Werde ihnen nicht die Genugtuung geben, meinen Körper zu sehen, meine Brüste im ausgeleierten Nylon, schon gar nicht meinen Hintern, der bis in den weißen Höllenschlund hängt. Maite kommt aus dem Haus und sieht uns da zu dritt. Ich schäme mich und weiß nicht, warum. Felipe streichelt den Hund, und Gallardo hört auf, sich zu sträuben, wenn auch nicht ganz.

»Meine Schwester mag keine Hunde.«

»Nein, ich mag sie nicht«, sagt Lara.

»Morgen feiern wir ihren fünfzehnten Geburtstag, wollt ihr nicht kommen? Das ist hinter Maxis Kiosk. Mit richtigen Tischtüchern, Karaoke, einer Tanzfläche. Viele sind wir nicht hier. Wenn ihr auch kommt, wäre es lustiger«, sagt Felipe.

Maite hebt die Hand zur Begrüßung, aber Felipe achtet kaum auf sie. Sein Blick ist starr auf mich gerichtet, wie ich mich da an den Rand des fauligen Beckens kralle. Ich halte den Tümpelgestank nicht länger aus, aber ich werde nicht riskieren, dass diese Teenager Mitleid bekommen, wenn sie sehen, was aus mir geworden ist.

»Papa geht es nicht gut. Ich habe ihn kurz hingelegt. Er meint, jemand kommt und bringt uns um«, sagt Maite.

Felipe, Lara, Maite und ich schweigen.

»Wie, umbringen?«, fragt Felipe.

»Ich weiß nicht«, entgegnet Maite. »Das sagt er häufig.«

»Ich habe grad dem Mädel hier erzählt …«

Ich sage ihm, dass ich Paulina heiße, wenn er wolle, könne er mich Paulina nennen.

»Ah, gut, ich habe gerade Paulina erzählt, dass wir euch für morgen zum fünfzehnten Geburtstag meiner Schwester einladen.«

»Ja, mein Geburtstag. Ich bin Lara.«

»Ich weiß, wer du bist«, entgegnet Maite. »Ich kenne euch, seit ihr Zwerge wart, aber ihr seid nie bei mir vorbeigekommen, um hallo zu sagen.«

Felipe lacht und zieht so endlos lang an der Zigarette, dass sie ihm zwischen den Lippen erlischt und ihn vorher verbrennt.

»Scheiße noch mal«, klagt er. Lara lacht. Felipe wirft ihr einen vernichtenden Blick zu.

»Wir feiern hinter Maxis Kiosk. Es gibt richtige Tischtücher, und wir braten ein Spanferkel«, erzählt uns Lara und schiebt eine glatte Strähne, dick und blond, hinter das Ohr.

»Ich weiß nicht, was wir morgen vorhaben«, antwortet Maite, wieder lustlos.

Ich bedanke mich für die Einladung, bestimmt würden wir vorbeisehen. Ich frage, ob es eine Gästeliste gebe oder sonst noch etwas zu beachten sei. Sie sagen, aber ja, sie würden uns als Maite und Paulina draufsetzen. Mir scheint, das soll ironisch sein, aber ich bin mir nicht sicher. Ich sage, in Ordnung. Felipe rollt sich gleich die nächste Zigarette, und seine Schwester mustert mich weiterhin. Wieder erkenne ich diesen vertraulichen, lasziven Blick, wie der des feindseligen Mechanikers mit seinem grünäugigen Sohn. Es gibt nichts weiter zu besprechen, und doch bleiben die jungen Leute am Beckenrand stehen. Bei Maite rutscht gleich eine Brust zwischen den Trägern des Fischchenbadeanzugs hervor. Ganz unauffällig schauen wir hin; zweifellos warten wir drei, was passiert, wenn die Brustwarze ans Licht kommt.

»Gut, ihr beiden, danke für die Einladung. Wir müssen jetzt arbeiten«, sagt Maite.

»Macht's gut«, sagt Felipe und dreht sich um. Lara ebenfalls.

Gallardo läuft den Geschwistern nach, bis wir sie hinter einem Baum verschwinden sehen. Jetzt wage ich es, aus dem

Tümpel zu steigen. Meine Haut sieht wie Schleifpapier aus, überdeckt mit einer trockenen weißen Kruste. Nun stürzen sich die Mücken wieder auf mich.

»Ich sagte ja, die sind schlecht erzogen«, sagt Maite.

Ich entgegne, den Eindruck hätte ich nicht gehabt, und wie lustig, dass sie gesagt habe, wir müssten arbeiten. Die Einladung scheine ernst gemeint zu sein, wir könnten morgen hingehen und uns die Zeit etwas vertreiben.

Maite zuckt mit den Schultern. Missbilligend. Sie sagt:

»In einer halben Stunde gibt es Mittagessen. Ich mache Nudeln mit Butter. Das Huhn erschien mir nicht vertrauenswürdig.«

Sie dreht sich um und geht. Ich betrachte den Halbmond, den der Fischchenbadeanzug auf ihrem Rücken bildet. Die drei großen Muttermale, die ihm eine gewisse Anmut geben. Maite sorgt für mich wie eine Mutter. Sie will alles bemuttern, was ihr unter die Augen kommt. Ich denke an die beiden jungen Leute. Felipe ist ein häufiger Name, aber der Zufall überrascht mich doch. Der andere Felipe, den ich nackt kenne, küsst jetzt bestimmt eine Neue, wie es die Herren nun mal tun. Schnell ist ihre Zunge anderswo, und so stelle ich ihn mir mit dieser Neuen vor, in die Laken gewickelt, die jetzt wohl seine Mutter wäscht, nachdem er wieder zu Hause eingezogen ist. Ich stelle mir vor, wie er diese neue Frau entdeckt, ihr nette Sachen sagt, damit sie sich gut fühlt. Stelle sie mir vor, wie sie stundenlang vögeln. Felipe in einem anderen Körper, wie er hinter anderen Ohren leckt, einen anderen Schenkel schlägt.

105

Auf einmal verspüre ich das dringende Bedürfnis, mich in diesem Haus des Vergessens im Bad einzuschließen und eine Weile die rote Scham zu befummeln, die ich nun mal abbekommen habe. Doch ich tue es nicht.

18.

NIEMAND DA

Das Zimmer, das Maite und ich teilen, liegt im Dunkeln. Es ist elf Uhr nachts, doch der Schlaf hat sie übermannt, die Arme. Ich höre den Siam-Kühlschrank des alten Genaro brummen, höre, wie es in ihm tropft, wie wenig Gas das Gerät noch hat, wie nah es dem Tod ist, genau wie der Alte. Der Kühlschrank und der Vater meiner Freundin befinden sich auf der gleichen Spur, im gleichen Wettkampf. Ich entdecke, dass Maite Atemprobleme hat, sie schnarcht ausgiebig und in verschiedenen Tonlagen; die Hintergrundgeräusche tragen also keineswegs zur Erholung bei. Der Alte ist im Wohnzimmersessel eingeschlafen, denn er hatte niedrigen Blutdruck, und in dem Teil des Hauses flaut die Hitze anscheinend etwas ab.

Über den Handybildschirm kann ich das Leben der anderen ausspähen. Ihre Stories zeigen mir, dass meine Bekannten noch wach sind. Sie trinken Craftbeer an einer Ecke in der Hauptstadt oder essen Ofenkartoffeln in Käsesoße. Die Frauen zeigen ihre Ausschnitte, die Männer ihre Motorräder und Autos, ihre Transportmittel. Man könnte meinen, der Besitz von Maschinen ist für sie ein erotisches Plus, so wie für Frauen der Schlitz zwischen den Brüsten. Drinnen herrschen immer noch vierzig Grad, doch ein Blick in das Leben der anderen hilft mir über das Klima oder die öden Minuten hinweg. Ich öffne die Dating-App und gehe schnell die Fotos der Männer durch, die gerade online sind oder auch nicht. Die Hobbys haben wie Bergsteigen oder Kochen, womöglich Kinder wollen, Agnostiker sind, bloß eine Frau zum Zeitvertreib suchen, Skorpion mit Aszendent Zwilling, die der Mond im Krebs jedoch sensibel macht, die keine Frau kennenlernen wollen, mit der sie über Politik reden müssen, die bereits Kinder haben und nicht noch mehr möchten, die blonde, aber keine gefärbten Frauen suchen, gern einen Joint rauchen und den Mond betrachten. All diese Beschreibungen, die nur plausibel wirken sollen. Aber sie sind nichts von dem, was sie zu sein behaupten, und keine ihrer Beteuerungen verlockt mich.

Da draußen träumt Gallardo, klar und deutlich höre ich das Geräusch, das das Unterbewusstsein eines Wohnungshundes erzeugt. Es ist eine Art spitzes Winseln, je spitzer, desto albtraumhafter sind wohl seine Träume. Was kann Gallardo so quälen? Aus welchem Stoff sind die Albträume eines Hundes? Ich kehre zum Chat mit Felipe zurück und sehe, dass er online ist. Er hat nicht auf mein »Verreck doch« geantwortet. Hat nichts geschrieben. Er hätte schreiben könne, Okay, tue ich dann, ich verrecke. Aber nein. Nichts hat er geschrieben. Ich bin ihm egal, natürlich bin ich ihm egal. Ich kehre zur Dating-App zurück, werde die ganze Nacht über hier surfen. Mich wichtigmachen. Ich chatte mit Frauen, mit Männern oder mit was auch immer. Chatrooms sind zum Lügen da. Wer dort die Wahrheit sagt, wird Probleme mit dem Wörtlichnehmen bekommen. Sie sagen mir, »Ich liebe dich, lecke dich von oben bis unten, komm zu mir«, sie schicken ihre Mailadressen, ihre

Anschriften. Ihre falschen Benutzernamen sind substantivierte Adjektive (Göttliche) oder Tiere (Stute) samt Nummern oder Codes (2017x). Sie schicken mir Fotos von ihren Körpern, ihren Titten, ihren Hintern, ihren Genitalien. Fragen mich, wie ich sie finde, wollen ständig mein Einverständnis. Ich sage ja zu allen, zu jedem Einzelnen von ihnen. Ich bin einverstanden mit jeglicher Nacktheit, mit ihrer Anonymität. Und ich schließe das Chatfenster, denn ich ersticke. Es ist, als würden dadrinnen alle schreien. Niemand respektiert die Nachtstunden. Den Mangel an Licht. Ich öffne auf dem Laptop die Seite mit den Videos. Meine Lieblingsseite. Meine Gefährtin. Es gibt viele Videos zur Auswahl. Wie ein Maxikiosk, der rund um die Uhr geöffnet ist. Gut möglich, dass mir alles gefällt und ich alles will, aber ich kann nur eines auswählen, denn hier darf ich nicht viel Lärm machen. In dieser Hütte des Guten schlafen alle, und ich bin eine einzige Zumutung.

Eine Frau mittleren Alters spielt eine Braut. Sie trägt eine weiße Haube und ein voluminöses Kleid, das sich seitlich an ihr bauscht, in der Hand einen Strauß weiße Rosen, die Nägel sind französisch manikürt, das Haar hinten toupiert. Der Textur nach scheinen da analoge Bilder digitalisiert worden zu sein. Ohne Erfolg. Ich breche mir die Augen. Die Frau blickt nervös aus dem Autofenster. Das ist der lang ersehnte Tag: Sie wird den Mann heiraten, der um ihre Hand angehalten hat, Glückwunsch!

Neben ihr sitzt der Stiefvater, der um die fünfzig ist. Auch er herausgeputzt, mit einer Plastikrose im Knopfloch, die Stirn in Falten. Immer wieder betrachtet er die junge Frau und sagt etwas, was ich nicht hören kann. Ich stelle den Computer lauter, aber es nützt nichts, das Video stammt aus den Achtzigern, und Englisch ist nicht meine Stärke. Der Mann spricht nun ernster, und Maite wälzt sich im Bett, ihr Schnarchen wird noch übler.

Herrgott noch mal, niemand an meiner Stelle würde ein Auge zukriegen.

Die künftige Braut sieht den Stiefvater ebenfalls besorgt an und beschließt, sich auf seinen Schoß zu setzen. Der Mann blickt überrascht: »Oh Kate, was tust du?«, sagt er wohl, und Kate lächelt schelmisch in die Kamera. Sie streift den Träger des Hochzeitskleids herunter, der Stiefvater vergräbt dort sein Gesicht. Er riecht an ihrem Hals, an den harten Knochen, die sich wie ein seltsames Collier um ihn ranken, streift ihr Haar nach hinten und wandert zur Brust. Die künftige Braut strahlt nun nicht mehr, jetzt scheint sie zu leiden, allerdings mit einem gewissen Vergnügen. Da haben wir's, Lust hat auch mit Schmerz zu tun. Damit, einen Zwiespalt zu stiften, den keiner der beiden, weder Braut noch Stiefvater, unbeschadet wird überwinden können. Maite dreht sich jetzt auf meine Seite, und es ist schwierig, direkt vor der Nase meiner Freundin an meiner roten Scham zu arbeiten. Ich gebe auf. Springe aus dem Bett und gehe in die Küche. Ungeschickt stülpe ich mir die Turnschuhe über, denn Genaro hat gesagt: »Wenn du den Kühlschrank barfuß öffnest, bekommst du einen Schlag und gehst hops wie ein Viech an der Windschutzscheibe.« Es gefiel mir, wie er das gesagt hat. Im Kühlschrank finde ich ein halbes hart gekochtes Ei. Wer bewahrt ein halbes Ei auf?

Habe ich das Video ausgeschaltet? Weiß nicht mehr. Ich setze mich im Dunkeln in die Küche. In dieses Landhäuschen tritt kaum mehr als ein schwacher Mondstrahl. Ich frage mich, ob ich so leben könnte, im Nichts und Nirgendwo, und in mir drinnen ebenfalls ein Nichts. Eine stille Einöde, das Äußere dem Inneren so ähnlich. Der erste Schritt in den Wahnsinn.

Circa eine halbe Stunde vergeht, dann höre ich Gallardo bellen. Was mag ihn geweckt haben? Ich spähe aus dem Küchenfenster und sehe, dass sich weiter hinten Gestalten bewegen. Die Nachbarn, die vom Biertrinken nach Hause kommen? Von einer Party? Es ist Freitagnacht, etwas in der Art wäre wahrscheinlich. Doch nein. Dazu sind die Gestalten zu nah beim Haus. Erkennen kann ich sie nicht, aber da sind Leute, keine Tiere, sondern Menschen. Gallardo bellt rasend, Geifer schäumt um sein Maul. Soll sich doch jemand seines Hundeherzens erbarmen, das nicht an den Schrecken und die Pflicht gewöhnt ist, sein Frauchen zu beschützen. Die Gestalten sind klein und nähern sich dem Haus des Alten. Aliens? Gallardo bringt es nicht über sich, zu ihnen zu gehen, so viel ist klar. Er hat Angst.

Ich laufe ins Zimmer und sehe Maite noch genauso schlafen wie vorhin. Sie ist abgetaucht, muss wohl das Zolpidem sein, das ihr Nely verschreibt, ihre Psychiaterin. Ich gehe wieder zum Fenster, jetzt stehen die Gestalten neben dem fauligen Schwimmbecken. Ihre Handys leuchten und geben Musik von sich, die von fern in Fetzen zu hören ist, ein fader Reggaeton. Zwischen ihren Fingern brennen Zigaretten herunter. Sie blicken herüber, sehen mich nicht, doch ich sehe sie. Dem Hund geht die Luft aus, er versucht, zu Atem zu kommen. Lara und Felipe machen tschhh!, damit er still ist, doch vergebens. Gallardo bellt jetzt noch lauter. Lara und ihr Bruder sind hergekommen, um eine Weile aufs Haus zu blicken, in der Hoffnung, dass wir noch wach sind. Das bin ich, aber ich werde nicht hinausgehen, nicht im Traum, nie im Leben, den Gefallen tue ich ihnen nicht, dass ich mich in diesen geblümten Leinenshorts zeige, in diesem abgerissenen Aerosmith-T-Shirt. Gallardo beruhigt sich, weil er merkt, dass die jungen Leute nicht näher kommen. Sie hören Lieder, die gerade im Trend sind und die ich nicht identifizieren kann, blicken ins Hausinnere, sagen sich bestimmt: Wie schade, oder: Solche Langweilerinnen, oder: Die könnte ich umbringen. Ich gehe zurück ins Bett, sollen die da draußen weiß Gott was über mich denken. Zumindest habe ich jemandes Neugier geweckt: Das tröstet mich. Für gefährlich halte ich sie nicht, bald haben sie es sicher über. Als ich wieder zum Computer greife, sehe ich, dass das Video die ganze Zeit weitergelaufen ist. Ich hatte es nicht weggeklickt, wie leichtsinnig. Wenn Maite aufgewacht wäre, hätte sie gesehen, wie das nackte Paar aufeinander reitet. Doch nein. Die Medikamente vermögen alles. Jetzt zieht sich die künftige Braut wieder an, der Stiefvater betrachtet sie mit Bedauern, während er sich den Reißverschluss hochzieht. »Oh Kate, was haben wir getan?«, sagt er wohl. Und sie wird antworten: »Nichts, David, vergiss es einfach, ja?«

19.

ALLES GUTE ZUM 15.

Maxis Kiosk ist armselig bestückt. Ich sehe drei verschiedene Sorten Schokoriegel, fünf Sorten gefüllte Kekse. Ein paar Beldent-Kaugummis, Spearmint. Cola und Seven Up, Wasser mit Birnengeschmack, Wasser mit und ohne Sprudel. Einen heruntergekommenen Hotdog-Stand. Das war's. Weit hinter der Kiosktheke machen Maite und ich undeutlich ein paar bunte Lichter aus, und wir hören ein so gewaltiges Dröhnen, dass unsere Brustkörbe vibrieren wie überforderte Lautsprecher.

»Fängt an wie ein schlechter Horrorfilm«, sagt Maite. »Lass uns umkehren.«

Vom ersten Moment an hat sie es bereut. Die Vorstellung einer Party zum Fünfzehnten mit lauter Unbekannten findet sie grauenhaft. Ich hatte sie mit dem Hinweis überredet, sie könne da einen Mann kennenlernen. »Was für einen Mann?«, fragte sie. »Ich weiß nicht«, und mit der Antwort hatte ich sie überzeugt. Sie hat sich die Lippen violett geschminkt, einen langen Rock angezogen, der ihre Hüften betont, und diese Locken einer gesunden Frau hochgesteckt. Sie ist wirklich schön.

Genaro ist bei einer Reisedoku über Kathedralen in der Provinz Buenos Aires eingeschlafen. Auch ich habe mich zurechtgemacht, aber minimal. Das Haar habe ich offen gelassen wie immer, habe eine Jeans mit Glitzersteinchen und Schuhe mit Keilabsatz angezogen, die Maite als Teenager getragen hat. Kleidung, die man sonst nie anzieht: das heißt, sich zurechtmachen.

Wir nehmen den Weg unter den dunklen Bäumen. Ich frage Maite, ob sie Neuigkeiten vom Pharmavertreter habe, und sie verneint. Sie will nicht weiter darüber reden. Wir singen im Chor ein Lied von früher, und das verbindet uns. Schon stehen wir vor Maxis Kiosk, wo uns ein handgemaltes Schild entgegenschreit: ALLES GUTE ZUM 15., LARITA!

Ein junger Mann um die zwanzig tritt durch den Plastikvorhang, der den Laden vom Hinterhof trennt, und begrüßt uns mit einem Kuss auf die Wange. Er ist fröhlich, passend zu seinem Alter, und trägt einen Anzug. Sein Haar ist noch nass von der Dusche, und er riecht nach kurzlebigem Deo.

»Na, Mädels, wollt ihr zum Geburtstag der Dicken?«, fragt er.

Wir antworten, wir kämen zu Laras Geburtstag und würden niemanden kennen.

»Ja, die Dicke, so nennen wir sie.«

Der junge Mann zieht ein Heft aus dem Regal und sucht unsere Namen auf einer handgeschriebenen Liste. Er findet sie nicht, lässt uns aber trotzdem durch.

»Sicher?«, fragt Maite, die einen Vorwand sucht, um nach Hause zurückzukehren und sich schlafen zu legen.

»Ja, sicher. Kommt, Mädels.«

Wir durchqueren einen überdachten Gang mit ein paar

Blumentöpfen. Maite schwitzt, sie hat bereits die Lederjacke ausgezogen. Es macht ihr Mühe, in den hochhackigen Schuhen zu gehen, und ihre Strümpfe sind heruntergerutscht. Ich sage nichts, bin gern hier, verspüre eine Neugier wie seit Langem nicht mehr. Mir ist ein bunter Haufen Unbekannter lieber als die acht Bürostunden in der Hitze der Kopiergeräte. Maite schweigt. Die Musik drängt sich immer mehr in den Vordergrund. Die Lieder erzählen von verliebten Frauen, von Männern, die sie vergeblich anrufen, von den verzweifelten Frauen, die durch die Straßen laufen und diese Männer suchen. Alles eine rhythmische Wolke heterosexueller, verführerischer Phrasen über nackte Haut, Betten, Gerüche. Der Hof ist mittelgroß und durchzogen von Girlanden, auf denen in Orange zu lesen ist: LARA 15. Orangefarbene Federn schmücken die Mitte der runden Tische, die in weiße Decken gehüllt sind. Wir sehen, dass weiter hinten zwei Tische bereits mit Senioren besetzt sind, die aus Gläsern Weißwein trinken, in die Runde blicken und dabei die Köpfe im nervigen Rhythmus der Musik wiegen. Ein lebensgroßes Foto zeigt Lara, die sich mit beiden Armen auf den Baumstumpf eines Ombú stützt. Mit halb gesenkten Lidern blickt sie in die Kamera und biegt die Hüfte, damit sie älter wirkt. In den Jeans und dem eng anliegenden T-Shirt sieht sie größer aus, aber diesen Eindruck sollen fünfzehnte Geburtstage fast immer erwecken. Von jetzt auf gleich ein Mädchen zur Frau erklären, das gerade erst versteht, dass man allein unterwegs sein kann, auf Straßen und in Städten. Dass die Entscheidung nur von ihr abhängt und sie es eines Tages einfach tun kann.

Maite schlägt vor, dass wir uns an einen leeren Tisch setzen, und das machen wir. Eine Gruppe junger Fünfzehnjähriger trinkt Cola aus Plastikbechern. Sie ziehen sich an den Haaren, mustern einander, tanzen zögernd – gehemmt von ihrer Schüchternheit – zu den Liedern über Sex und Fortpflanzung. Da ist auch ein DJ, bis hinter die Ohren tätowiert, das Haar blau gefärbt. Er trägt das Trikot der Nummer 9 von Boca Juniors. Immer wieder sieht er zu unserem Tisch herüber, denn wir sind die einzigen Frauen in seinem Alter. So animalisch wird man taxiert, nach dem Prinzip der Nahrungspyramide. Ein Mädchen, das als Kellnerin verkleidet ist und dessen Zopf den halben Rücken herabhängt, bietet uns Weißwein in Gläsern an, und wir nehmen ihn, da es anscheinend keine weitere Option gibt.

»Ich hasse Weißwein«, sagt Maite, steht auf und geht Richtung Toilette.

Ich hasse ihn nicht ganz so sehr, verstehe aber ihr Unbehagen. Mit einem Lächeln zieht die Kellnerin sich zurück. Bestimmt ist es Laras Cousine, Freundin, Schwester. Der DJ legt einen weiteren Hit der Saison auf, und die jungen Leute brechen in Schreie aus, stürzen sich in eine Choreographie, bei der sie alle die gleichen Bewegungen ausführen, wie eine Armee, die sich gerade auf den entscheidenden Vorstoß vorbereitet. Kopfschmerzen steigen mir vom Hals bis in den hintersten Winkel des Gehirns, eine Art Schleudertrauma. Den jungen Leuten zuzusehen, lenkt mich ein wenig ab. Übermorgen kehre ich in die Stadt zurück, und die Stadt ist Felipe in seinem blauen Auto, Felipe beim Einkaufen im Supermarkt, beim Joggen, Duschen, Sprechen mit Gallardo. Das ist die Stadt für mich.

Weiter hinten sehe ich, dass der junge Felipe mich inzwischen entdeckt hat und herüberkommt. Er scheint bereits betrunken zu sein, denn er geht in Schlangenlinien, als hätte ihm jemand die Landkarte verdreht. Er lächelt, kneift die Augen zusammen. Ihn begleitet ein junger Mann in seinem Alter. Beide tragen Sakko und Schlips und haben sich das Haar verwuschelt, damit sie aussehen wie die Verführer aus alten Filmen oder wie die Stars einer Fernsehshow.

»Hallo, Hübsche«, sagt Felipe zu mir. »Ich stelle dir Maxi vor, er führt den Maxikiosk. Maxis Kiosk.«

Ich staune, dass er mich kurzerhand »Hübsche« nennt. Ihn könnte ich nicht als hübsch bezeichnen. Ich sage, mein Name sei Paulina, nicht Hübsche. Beide lachen. Hatte ich nicht beabsichtigt. Maxi reicht mir die Hand. Er hat Akne und rote Pausbacken, sieht aus wie das Klischee des Besserwissers aus einer Zeichentrickserie. Ihm fehlt nur die Kurzsichtigenbrille.

»Paulina wie?«, fragt mich Maxi.

Ich lüge, mein Nachname sei zu kompliziert, beglückwünsche sie zur Organisation der Feier und frage nach Lara.

»Die legt bald ihren Auftritt hin, wie alle Fünfzehnjährigen. Vermutlich in einer halben Stunde«, sagt Felipe und entfernt sich, wieder mit Schlagseite in seinem unmöglichen Gang. Maxi mustert mich weiterhin, und ich blicke zu Boden, tue so, als würde ich mir den Keilabsatz zurechtrücken. Es geht sich unbequem damit. Da kommt Maite von der Toilette zurück und setzt sich wieder. Sie bittet die Kellnerin um ein weiteres Glas Wein.

»Der ist sauer«, erzählt sie uns.

Ich stelle ihr Maxi vor, den Inhaber des Kiosks, des Maxikiosks. Maite begrüßt ihn mit einem Kuss auf die Wange, Maxi erwidert ihn.

»Ich kenne dich«, sagt Maxi. »Du bist die Tochter von Genaro Sadler. Wie geht es ihm?«

»Ja, natürlich, ich kenne dich auch. Ich bin nur nicht oft hier«, antwortet Maite. »Es geht ihm sehr gut. Er schläft gerade.«

»Klar, er schläft viel, das ist das Alter.«

»Ja«, sagt Maite. »In dem Alter schläft man viel.«

»Ja.«

Ebenso gut hätte von einem Baby die Rede sein können, aber das Gegenteil ist der Fall. Alle drei schweigen wir. Der DJ winkt uns zu, vor allem Maxi, der ihm daraufhin zuzwinkert wie ein Großgrundbesitzer, der gerade einen Reibach macht. Mir ist unbehaglich dabei zumute, denn wir haben hier weder etwas gebilligt, noch sind wir billig zu haben, wir sitzen nur ein bisschen bei diesem Topfschlagen, das sie hier hinten veranstalten. Ich frage Maxi, warum er und der DJ sich zuzwinkern, und Maxi blickt verlegen drein. Maite auch.

»Nur so, wir amüsieren uns halt gut.«

Ich trinke einen Schluck Wein, bin es müde, verstehen zu wollen, was sie tun und nicht zugeben. Maite und Maxi versinken in einem Gespräch, das ich nicht hören kann, und dann überflutet ein englischsprachiges Lied, das ich sehr mag, den Hof des Kiosks. Ein Herr in grauem Anzug schaltet die Hauptbeleuchtung aus, und sofort erstrahlen bunte Lichtkegel, die von einem der Tische ausgehen. Das ist Laras Auftritt zu ihrem Fünfzehnten. Der Sänger stimmt wehmütig eine melancholische Ballade an, und hinter den Wolken einer Nebelmaschine sieht man erst nur Laras Arme, die wie ein Schmetterling oder eine Fliege flattern. Sie geht langsam, als stolziere sie über einen endlos langen Laufsteg. Schließlich sehen wir sie von Kopf bis Fuß. Wer sie da am Ende des Weges erwartet, sind vermutlich ihre Mutter und ihr Vater. Beide weinen, den Grund begreife ich nicht recht, doch auch ich würde am liebsten losheulen. Vermutlich löst diese Mischung aus Nebelwolken, Ballade und Kleid etwas Besonderes in ihnen aus. Lara wirkt viel älter, als sie ist, doch auch ihr kommen Tränen, die sie jedoch rasch wegwischt, wobei sie ihr Möglichstes tut, das Make-up nicht zu verschmieren. Sie trägt ein wassergrünes, bodenlanges Kleid, grüne Glitzerspangen in der steil nach oben toupierten Frisur. Sie winkt wie eine frisch gekürte Miss Universum, die gerade ins Viertel zurückgekehrt ist, und die Gäste erheben sich von den Stühlen und klatschen. Alles ist perfekt getimt. Maite tut es ihnen nach, klatscht auch und kann sich das Lachen kaum verbeißen, weil Maxi ihr etwas ins Ohr flüstert. Lara geht bis zur Hofmitte, die Familie mit ihr. Dann wird das Lied wie mit dem Messer abgeschnitten, und ein Walzer setzt ein. Dieser Teil amüsiert alle. Mein Blutdruck sinkt plötzlich ab, wohl wegen der heißen Nebelmaschine und dem gespannten Warten auf das Geburtstagskind. Ich setze mich wieder, fächele mir mit der Serviette zu. Atme tief durch.

Unwillkürlich wird mir klar, dass auch ich verzweifelt auf Laras Auftritt gewartet hatte. Ich kenne sie nicht, habe aber auf sie gewartet. Sie klammert sich fest an ihren Vater und tanzt mit geschlossenen Augen. Männer und Frauen machen es ebenso. Sie fühlen sich wie in einer anderen Zeit, der Walzer versetzt sie ins Mittelalter. Lara wird weitergereicht an alle männlichen Gäste, denn so will es der Brauch, die frischgebackene Frau wird in die Welt der Männer eingeführt. Sie ist klein, wirkt aber größer. Und Lara ist so ein hübscher Name. Ein Kameramann versucht, sich dem Tanz anzuschließen, und filmt, was ihm vor die Linse kommt. Einmal nimmt er auch mich ins Visier, womit ich nicht gerechnet hatte. Ich mache eine Fuck-you-Geste Richtung Kamera und lache. Maite schimpft mit mir, und Maxi mischt sich in einen Streit, der ihn nichts angeht. Jetzt spricht der Kameramann mit Laras Mutter, die ihm anscheinend Anweisungen gibt. Als beim Tanzen ihr Bruder an die Reihe kommt, ändert sich etwas in Laras Gesicht. Ich kann nicht genau sagen, was es ist. Felipe lacht und lacht, während er in die Kamera spricht, und hebt dann das Kleid seiner Schwester hoch. Lara möchte am liebsten weinen, ich kenne sie nicht, weiß es aber. Schroff lässt Felipe sie los, sagt, sie sei ein verzogenes Ding. Die Mutter lacht über die Szene. Lara läuft zwischen den Leuten davon und umgibt sich mit ihren Freundinnen, die sie ablenken. Der Walzer geht weiter, nun ohne Lara. Die Geburtstagsgäste verstehen nicht recht, was geschehen ist, tanzen und tanzen jedoch, bis jemand beschließt: Stopp.

20.

Der weiße Krankenwagen hält an den Ampeln. Etwas ungewöhnlich, wenn ein Menschenleben in Gefahr ist. Offenbar herrscht um die Zeit viel Verkehr in der Stadt. Der rosige Mann fordert den Fahrer auf, sich zu beeilen, doch der schickt ihn zum Teufel. Ich spüre meinen Körper kaum, und der rosige Mann sagt: nein, nein. Das sagt er. Seit wann nimmt er sich das Schicksal von Patientinnen so zu Herzen, die er nicht mal kennt? Ich erinnere ihn wohl an seine Mutter, seine Großmutter, an eine Schwester, die ihn in der Kindheit innig geliebt hat.

Die Fahrt zieht sich bereits ziemlich in die Länge. Die Fünfzehnjährige will mich aus der Nähe betrachten, die Sanitäter verhindern es. Sie solle ruhig bleiben, ihr Kopf, sie müsse sich erholen, solle versuchen, eine Weile nicht mehr zu weinen, denn das überfordere das Herz-Kreislauf-System. Ich schließe die Augen, mehr kann ich nicht tun. Dadrinnen vermischen sich Bilder, die aus dem Nichts kommen, wie ein böser Traum, zum Beispiel: Eine Frau geht mit einem riesigen Hund auf dem Arm vorbei und lächelt, ein kleines Kind tritt einen Fußball, der direkt auf mein Gesicht zuschießt, ein losgelassener Luftballon schwebt am Himmel, inmitten einer Großstadt, eine Katze miaut so schrill, dass sie das Trommelfell eines jeden zerreißt, der in ihre Nähe kommt, eine Frau lernt zum ersten Mal den Schnee kennen und wird verrückt vor Glück, der Geruch eines Körpers, der über achtundvierzig Stunden leblos in einem Auto steckt, bei dieser Hitze, im Parque Chacabuco.

Der Wagen fährt weiter.

21.

IRGENDJEMAND AUF DER WELT

Die Geburtstagsgäste kehren an ihre Tische zurück, und drei als Kellnerinnen verkleidete Mädchen bringen Teller mit Hamburgern und Salat. Maite ist bereits betrunken und erzählt mir eine Anekdote, die ich schon auswendig kenne. Ich höre nicht zu. Dann erzählt sie Maxi von Manuel, dem Mann, den sie am Bahnhof Retiro getroffen hat und der immer auf Achse zu sein scheint. Mein Hamburger ist briefmarkendünn und fade, deshalb verfeinere ich ihn mit Mayonnaise, Ketchup und Senf. Ich sperre den Mund auf wie ein dressiertes Mammut und denke beim Kauen, was für eine schreckliche Lust ich hatte, ungesund zu essen. Maite isst nichts, weil es keine vegane Alternative gibt, doch das scheint sie jetzt nicht zu stören. Sie lacht und lacht, obwohl sie bestimmt selten primitivere Witze gehört hat. Und jetzt erzählt sie Maxi vom Pharmavertreter und seinen halbwüchsigen Kindern. Redet davon, wie wenig ratsam es ist, mit Männern über fünfzig auszugehen, die schon alles erlebt haben. Aber auch von den komplizierten Männern um die dreißig, die noch nichts erlebt haben. Von dem Mangel an Einfühlungsvermögen, dem Mangel an Takt. Was sie mit Letzterem meint, versteht Maxi nicht recht.

Jetzt werden die Lichter im Hof heruntergedimmt, und auf einer Leinwand an der Mauer zieht eine endlose Reihe von

Fotos vorbei, Lara von ihrer Babyzeit bis jetzt. Dazu Musik. Die Mutter weint, der Vater lacht, oder sie wechseln zwischen beiden Emotionen, die letztlich ein und dieselbe zu sein scheinen. Wir sehen Lara, ein paar Monate alt, mit Löckchen und Windel, wie sie tut, als würde sie telefonieren, Lara etwas größer, in einer Drahtseilbahn im Schnee, Lara als Dinosaurier verkleidet, Lara, die ihren Bruder Felipe umarmt, Lara, die einen improvisierten Laufsteg auf einem Platz entlanggeht und so tut, als wäre sie Model. Die endlose Reihe endet mit dem lebensgroßen Foto, das den Saal schmückt und auf dem Lara zu sehen ist, auf den Ombústamm gestützt und mit laszivem Blick.

Ich denke an Felipe, an die Zukunft mit Felipe oder die Zukunft ohne ihn. Die Fotos aus Laras bisherigem Leben überfallen mich in einem Zustand tiefster Einsamkeit, hier, an diesem Ort bei Necochea, hinter einem Kiosk, an einem Plastiktisch, an dem ich Fleischerzeugnisse esse, umgeben von einer fremden Familie, beim Geburtstag einer Unbekannten.

Ich esse meinen Hamburger auf und merke, dass ich mich zu sehr in mich zurückziehe. Dass es eine Art Reflexhandlung ist, wenn ich das Lied mitträllere, das gerade gespielt wird. Meine Gedanken und die Fotos des jungen Mädchens bilden ein Gemisch, das mir den Magen umdreht. Ich weiß nicht, was mit mir los ist, stehe auf und sehe, dass der DJ mich anblickt. Ich schlage die Augen nieder, will keinerlei Kontakt. Im Grunde gibt es hier nichts und niemanden für mich.

Ich greife nach meinem Handy, will sehen, ob ich den Weg zurück in diese Realität finde, und stelle fest, dass Felipe meine Nachricht noch immer nicht beantwortet hat. Auf You-Tube suche ich ein Lied, das mich an ihn erinnert, und schicke es ihm. Ein idiotischer Impuls, aber schon ist es abgeschickt. Ich stecke das Handy wieder in die Handtasche und sehe neben mir ein Mädchen, das als grüne Prinzessin verkleidet ist. Lara. Ich weiß nicht, wann sie sich umgezogen hat, doch sie ist beim Grün geblieben. Ihre Lider sind mit Glitter überzogen, das Haar vorn gegelt. Alles steht ihr gut.

»Was hast du gemacht?«, fragt sie.

Ich sage, nichts weiter. Ich hätte aufs Handy gesehen, eben das, was die Leute alle zwei, drei, vier Minuten tun. Lara lacht.

»Du bist lustig. Und heißt wie eine alte Frau.«

»Paulina, eine alte Frau?«

»Ja, die alte Frau Paulina.«

Ich sage, den Namen habe meine Mutter ausgesucht, es sei der einer Großtante, die steinalt geworden sei und die ich nie kennengelernt hätte. Das interessiert Lara nicht mehr, mich auch nicht besonders. Sie schlägt vor, ein Foto von uns zu machen, als Erinnerung an ihre große Feier, und ich bin einverstanden. Lara ruft den eigens engagierten Fotografen, der seine Runden macht. Wir posieren neben dem Tisch und sehen uns alle drei an. Der Fotograf gibt uns ein paar Anweisungen. Ich rücke näher zu ihr – so nah war ich ihr noch nie –, mit meinem Gesicht eines ewigen Opfers der realen Welt, und zupfe an meinem Pony. Lara ist kräftig, sie umhalst mich, als wären wir engste Freundinnen, und zwingt mich, in die Kamera zu lächeln. Ich tue es. Der Fotograf geht weiter, und Lara mustert mich.

»Bist du alt oder jung?«

Ich weiß nicht, was ich darauf antworten soll. Sage, keins von beiden.

»Hast du Söhne? Töchter?«

Ich sage, keins von beiden.

»Warum nicht?«

Ich will antworten, weil Felipe niemals in mir kommen wollte, aber das wäre taktlos, und ich sage, ich wisse es nicht. Aber ich möge Babys, sei viele Jahre lang Babysitterin gewesen, bis ich in dem Versicherungsbüro angefangen hätte, wo ich von Montag bis Freitag arbeitete, acht Stunden, im Microcentro.

»Gefällt dir deine Arbeit?«

Lara ist wie ein Meißel. In weniger als zehn Minuten bearbeitet sie mich mit genau den Fragen, die mich am tiefsten verletzen könnten, für den Rest meiner Tage.

»Ich frage, weil du wie ein trübes Licht wirkst, das sich gern vergnügen möchte, sich aber nicht aufraffen kann. Jetzt mache ich ein Foto mit meinen Freundinnen vom Hockey. Tschau.«

Lara entfernt sich, halb Disney-Prinzessin, halb weise Hexe von einem anderen Kontinent. Aus unerfindlichem Grund stören mich diese überzogene Vertraulichkeit und die Flut ihrer Fragen nicht. Ich bin froh darüber.

Maite habe ich vor einer halben Stunde aus den Augen verloren. Hier gibt es nichts mehr für mich zu tun. Ich greife mir Handtasche und Jeansjacke und gehe in den Kiosk. Bei einem Blick aufs Handy stelle ich fest, dass Felipe auch auf das Lied nicht geantwortet hat. Ich wende mich zum Ausgang. Hinter dem Kühlschrank mit den Limonaden tauschen Maite und Maxi mit einem übertriebenen Kuss Speichel aus. Ich mache ein Foto von ihnen, stecke das Handy weg und weiß, dass ich morgen herzlich darüber lachen werde.

Die Straße draußen ist finster. Nur ein paar wenige Laternen beleuchten diese Gegend in Quequén. Große Sorgen mache ich mir nicht, denn ich glaube, dass ich im Dunkeln gut sehe. Eine Eigenschaft von mir. Ich beschließe, langsam nach Hause zu gehen, in der Hoffnung, dass Maite mich bald einholt. Mir ist etwas übel, ein wenig Bewegung wird mir guttun.

Bald merke ich, dass jemand hinter mir hergeht, in einem Abstand, der mir verdächtig vorkommt. Nicht nah, aber auch nicht weit weg. Ich will mich nicht umdrehen, keinen Blickkontakt herstellen, also sehe ich auf meine Schuhe. Wie hässlich sie sind. Ich höre die Schuhe der Person hinter mir auf der Erde oder dem Sand knirschen. Ich bleibe stehen. Der andere ebenfalls. Als würden wir eine Choreographie aufführen, aber nein. Ich setze meinen Weg fort. Der andere ebenfalls. Wir sind wie ein tropfender Wasserhahn. Pak, pak, pak.

Da wende ich mich um und sehe Felipe, den jungen, der wieder eine selbstgedrehte Zigarette raucht. Ich frage mich, wie es diesen Lungen so geht. Dass er es ist, der hinter mir hergeht, beruhigt mich. Er ist eines der vertrautesten Gesichter an diesem Ort.

»Du gehst schon?«, fragt er, vor Hitze halb benommen, halb zerflossen.

Ich bejahe. Ich hätte genug und sei schon zu alt für so etwas.

»Wie langweilig du bist«, sagt er und lächelt.

Ich entgegne, mag sein, es tue mir leid, und setze meinen Weg fort. Er entfernt sich nicht, im Gegenteil, er kommt mit.

»Wir wollten gerade den Fernet entkorken. Obwohl der gar keinen Korken hat. Deine Freundin amüsiert sich blendend«, sagt er und lacht wieder. Alles erweckt seine Heiterkeit. Ich sage, das wisse ich und es freue mich für sie, doch ich sei bereits fünfunddreißig, und mein Geist brauche Schlaf.

»Du wirkst jünger«, sagt er.

Felipe nähert sich mir wie ein Wurm. Wieder bietet er mir eine Zigarette an, ich lehne ab.

»Soll ich dich begleiten?«

Ich entgegne, nicht nötig, der Weg sei mir bekannt. Das sei nur fünf Ecken weiter, und das Sehen im Dunkeln zähle zu meinen besonderen Begabungen. Die Antwort überzeugt Felipe nicht. Er mustert mich. Seine Haut ist glatt und straff wie bei einer nie alternden Puppe.

»Wie hübsch deine Schwester ausgesehen hat«, sage ich.

»Ja, war in Ordnung. Aber die ist unerträglich, meine Schwester. Immer findet sie einen Grund, sich zu beschweren. Am Ende wird sie losplärren, wirst sehen, wie ein Baby. Sie hat Spaß, und am Ende plärrt sie.«

Ich merke, dass er einen übertriebenen Groll auf Lara hat, und gehe lieber nicht weiter auf das Thema ein.

»Bist du wegen meiner Schwester gekommen oder wegen mir?«, fragt er.

Ich weiß nicht, was ich darauf antworten soll. Sein herausfordernder Ton überrascht mich. Ich sage, wegen keinem von beiden. Nur meinetwegen, damit ich etwas Zerstreuung hätte. Die Sonntage säßen mir im Nacken. Wieder scheint er mich anzusehen und nichts zu verstehen. Er kommt näher, wie heruntergedimmt oder in Zeitlupe, kommt schleppend, weil er benommen ist und Absichten hat. Ich weiß nur nicht recht, welche. Er kommt näher, und ich kann ihn deutlicher sehen. Jung ist er, wie alles Blutjunge. Er könnte ein Teenie-Idol sein, ein Poster über dem Bett. Seine Haut ist glatt wie eine frisch gestrichene Wand. Ich bin beeindruckt. Er kommt näher mit einem Ausdruck, der mich erschreckt oder den ich nicht deuten kann, und was ich nicht deuten kann, erschreckt mich. Sein Mund nähert sich meinem Gesicht, und ich atme ein, rieche Spearmint und Tabak, Beldent und Marlboro. Ich sage, dass wir uns nicht küssen werden. Er fragt, warum, packt mich fest an der Hüfte und drückt mich gegen einen Baumstamm dort am Wegrand. Wir sind nun außerhalb des Laternenlichts. Fast im Dunkeln. Ich sage, das sei nicht in Ordnung, er solle zur Feier seiner Schwester zurückkehren, dort erwarte man ihn bestimmt. Ganz entfernt höre ich, dass der DJ die Zeremonie mit dem Überreichen der fünfzehn Kerzen an die Familienmitglieder ankündigt, zum Andenken. Felipe bleibt hartnäckig, er streicht mir das Haar aus dem Gesicht und packt mich noch fester am Nacken. Das ist Felipe. All das geschieht viel zu schnell. Ich will nicht, will nicht, will nicht und merke, dass ich nichts mehr in Worte fassen kann. Ich habe mehr als zehn Mal Nein gesagt, aber seine Kraft ist jetzt doppelt so groß wie meine. In der Ferne höre ich zum ersten Mal einen Wolf heulen, oder vielleicht ist es ein verlassener Hund. Bestimmt ein Welpe, der Hunger hat. Felipe schiebt mich jetzt zur Seite, damit man uns nicht sieht, damit der Baum uns verdeckt. Im Grunde sind wir immer noch vor Maxis Kiosk, und ich bin inzwischen bewegungsunfähig. Mir scheint, ich kann nicht atmen, spüre einen Riss in der Brust und im Blick.

»Siehst du, dass du eigentlich doch willst?«, sagt er.

Dann fährt er mit der Zunge über mein ganzes Gesicht, und ich merke, dass ich zu weinen anfange. Ich begreife nicht, wie das kommt, denn ich habe kein Signal dazu gesendet. Ich spüre weder Angst noch Traurigkeit, spüre eigentlich gar nichts. In meinem Innern ist ein schalltoter Raum, ohne Klang und Empfindung. Die Träne fällt und verdreifacht sich, ohne dass ich etwas dagegen tun kann.

Felipe schiebt mir die Hand unter das schwarze Shirt, das Maite mir geliehen hat, damit ich minimal zurechtgemacht bin für die Feier. Er tastet, findet den BH und macht ihn auf. Mein Gesicht ist ein offener Wasserhahn.

»Warum weinst du? Hast du dich schon verliebt?«

Ich drehe das Gesicht weg, und Felipe befummelt mich unter dem BH. Jetzt packt er mich mit einer mir unbekannten Kraft, er ist eine krasse Seekrake. Ich glaube, er kann mit mir anstellen, was er möchte, ich könnte nicht mehr reagieren. Mir fällt eine Geschichte ein, die meine Mutter mir einmal erzählt hat, über diese Frau, die so viel, so wahnwitzig viel Angst hatte, dass sie stumm wurde. So kam sie auf eine Krankenstation und fand ein paar Tage später die Sprache wieder, konnte jedoch nichts weiter sagen als: Nein. Auf alles Nein, eine absolute, endgültige Verneinung.

Ich kann nichts sagen, und es hämmert in meinem Kopf. Kaum drehen kann ich mich, und nun steckt Felipe mir die Hand in die Hose; jetzt zieht er am Slip.

»Mit Spitzenbesatz, passend zu deinem Alter.«

Von Weitem höre ich Maites Lachen, sie kommt herüber. Der junge Mann umarmt mich, als geschähe all das im gegenseitigen Einvernehmen. Ich glaube, ich weine noch immer, und auf einmal, schlagartig, auch das ohne vorheriges Signal, stoße ich einen kräftigen, gellenden Schrei aus. Ich denke an Felipe, der nackt neben einer jungen Frau sitzt, die etwas Zärtliches zu ihm sagt, denke an all die Male, die ich ihm hoffnungsfroh erzählte, ich sei vielleicht schwanger, und er auf einen Punkt an der Wand starrte, ich denke an unsere erste längere Reise, unseren ersten gesperrten Fahrstuhl, unser erstes Feuer, unsere Angst vor Haien, ich denke an ihn unter der Dusche in meiner Wohnung, denke daran, wie ich mich ausziehe und mich diesem Ritual anschließe, denke an den Kaffeeduft und an das Radio, das sagt, einundzwanzig Grad gefühlte Temperatur in Buenos Aires, an seine Glanzmomente beim Fußball, denke an all die Male, an denen wir uns gesagt haben, Nein, an dieses eine Mal, an dem wir uns gesagt haben, Nein, an das letzte Nein denke ich.

Ich schreie noch immer gellend, das Trommelfell könnte mir dabei platzen und allen in relativer Nähe ebenso. Maite holt mich. Sie kommt mit Maxi angelaufen, er ist hinter ihr und sieht mich an. Sieht Felipe an, der sich die Ohren zuhält. Er begreift nicht recht.

»Sie hat von ganz allein mit dem Schreien angefangen. Die ist total durchgeknallt. Arme Irre«, sagt Felipe, während er zu Maxis Kiosk zurückläuft.

Ich schreie weiter. Kann nicht aufhören zu schreien. Ich hocke mich hin und spüre noch immer den Speichel des Jungen an Gesicht und Hals. Maite bittet mich, still zu sein. Die Mischung aus Minz- und Tabakgeruch lässt das dringende Bedürfnis in mir hochkommen, mich zu übergeben. Maite nimmt mich in die Arme und sagt, ich solle ruhig sein, würde mir noch die Kehle wund schreien, bitte. Sonst kämen alle und würden gaffen, und das wolle niemand. Ich schreie und weine weiter, wechsele zwischen diesen beiden Zuständen ab, als funktionierte ich wie eine Schleuse. Maxi sieht mich verblüfft an und denkt bestimmt, was ist das für eine verrückte Frau, wie verrückt sind alle Frauen. Er zündet sich eine Zigarette an und lächelt verstohlen. Das Schauspiel scheint ihm lohnenswert zu sein, er möchte sich kein Detail entgehen lassen, um später davon berichten zu können.

»Paulina, hörst du mich? Paulina.« Maite lässt nicht locker.

Ich rolle mich auf dem Boden zusammen, im Gras. Nur nicht denken, aber mein Kopf pumpt unablässig Erinnerungen, üble Gerüche, Fäulnis, Schweiß, totalen, absoluten Ekel. Ich kotze den Hamburger mit Mayonnaise, Ketchup und Senf aus. Alles ist ein orangefarbener Brei, der in Zeitlupe auf den dürren Rasen fällt. Ein Hund kommt aus dem Nichts und schnüffelt daran.

Von hinter dem Kiosk dringt Laras Stimme herüber, die sagt: »Die dritte Kerze ist für Tante Mónica, weil sie mich jeden Donnerstag in die Schule gebracht hat, wenn Papa zur Zuchtfarm musste.«

Maite hält mir die Stirn, und ich kotze weiter, als wäre ich schwanger oder eine Frau, die man zu sehr befummelt hat und die vor Angst fast stirbt.

»Ich gehe zurück, den Teil will ich nicht verpassen«, sagt Maxi und scheint fast lachen zu wollen.

Maite sieht ihn an und antwortet nicht. Mit Mühe gelingt es mir, mich aufzurichten, und Maite umarmt mich fest. Ich glaube, sie weint auch. Meine Brüste schwingen frei in der Luft, der BH sieht hervor. Das verrutschte Shirt zeigt offen die Brust. Auch der Reißverschluss meiner Hose ist offen, man sieht den Rand des Slips, ein paar rote Schamhaare.

»Ist ja gut. Ist schon vorbei. Ist schon weg.«

Maite wiegt mich oder etwas in der Art. Ich lasse es geschehen. Noch immer möchte ich mich übergeben. Noch immer ist Laras Stimme zu hören: »Und die sechste Kerze ist für meinen Bruder Felipe, denn seit meiner Geburt ist er an meiner Seite, und er hat mir das Sprechen beigebracht.«

Maite und ich gehen im Dunkeln zum grauen Häuschen des alten Genaro.

Den Weg über schweigen wir. Ich komme wieder zu Atem, und der Minzgeruch lässt allmählich nach. Fast fünf Querstraßen weit gehen wir durch eine Allee schwarzer Bäume, deren Wipfel beim Zusammenstoßen rauschen. Wir treten auf Blätter und weichen den anmarschierenden Insektenkolonnen aus. Zum vielleicht ersten Mal nehme ich die liebevolle Zuneigung einer Frau wahr, einer Freundin, und merke, wie sehr ich sie brauche.

Zu Hause schlüpfen wir schweigend in unsere Pyjamas, putzen uns die Zähne und blicken dabei in unsere noch geschminkten Gesichter im Badspiegel.

Als wären wir zwei Kinder, die sich zwei Filme hintereinander ansehen und dann Arm in Arm einschlafen dürfen. Maite fragt, ob es mir gut gehe, und ich nicke. Barfuß in der Küche trinken wir zwei Gläser Sodawasser. Wir sagen Gallardo gute Nacht, und der wedelt mit dem Schwanz. In der Luft hängt der Geruch nach Limetten-Zitronen-Deo. Beide benutzen wir dieselbe Marke, denselben Duft. Maite versteht vollkommen, was geschehen ist, wird aber nicht nachfragen. Wir werden tief schlafen und lernen, etwas für uns zu behalten.

22.

EINFACH EIN AUTO
NEHMEN, LOSFAHREN

Ein Glas warmer Wein steht seit dem Abend auf dem Grill-
rost im Hof. Zu dieser Morgenstunde hat der Wein die Farbe
gewechselt, jetzt ist es eine violette Flüssigkeit, wie ein grell-
bunter Saft. Ich lösche meine nur halb aufgeraucht Zigarette
darin. Nichts zu machen. Ich schaffe keine ganze. Ich zünde
sie zur Beruhigung an, und ebenfalls zur Beruhigung gebe ich
sie auf. Wieder knallt es heftig herunter, die Hitze ist ein Problem, aber um nichts in der Welt würde ich mich wieder in
dieses moribunde Becken wagen.

Maite sitzt im Wohnzimmer bei ihrem Vater. Sie trinken
Mate. Vor ihnen ein Standventilator, der ihre Ponys fliegen
lässt. Der alte Genaro hat noch recht viel Haar, obwohl er
schon achtzig ist, ganz wie bei den männlichen Rockmusikern.
Ich habe keinen Hunger und werde auch keinen bekommen,
da bin ich mir sicher, noch immer habe ich das nächtliche Jaulen des Hundes im Ohr. Die Bauchschmerzen halten an, auch
das Stechen im Rücken. Ich blicke auf mein Handy und entdecke drei verpasste Anrufe von Lidia, meiner Mutter. Mit ihr
reden könnte ich jetzt nicht, brächte keine stimmige Anekdote zusammen. Ich wähle eine Nummer. Eine raue Stimme, wie
von jemandem, der gerade aufgewacht ist, meldet sich:

»Hallo? Pau?«

Ich sage nichts, höre Bewegungen im Bett. Versuche mir das ganze Bild vorzustellen. Diese Person wacht nackt auf. Ist allein oder mit jemandem zusammen. Licht fällt durchs Fenster, denn die Verdunklungsvorhänge sind nicht ausreichend, von schlechter Qualität. Der Wind bewegt diesen dünnen Stoff, erzeugt ein störendes Geräusch. Im Raum hängt Knoblauchgeruch, denn um diese Zeit am Morgen riecht der Mund dieser Person erbärmlich.

»Geht es dir gut?«

Felipe räuspert sich. Es ist nicht der junge Felipe, sondern mein Exfreund, der auf die vierzig zugeht. Ich antworte, ja, ich sei es, wolle nur ein wenig reden. Er fragt nach Gallardo und wann er ihn abholen könne. Ich sage, der Hund sei glücklich.

»Worüber willst du reden?«

Die Frage setzt mich außer Gefecht. Ich zünde mir eine weitere Zigarette an, obwohl der Brechreiz wieder orange in mir aufsteigt und ich noch immer die galoppierenden Finger des Jungen auf meiner Brust spüren kann.

»Über nichts Besonderes. Ich habe kein originelles Gesprächsthema, will dich auch nichts fragen.«

»Geht es dir gut? Darauf hast du nicht geantwortet. Als Letztes habe ich von dir gehört, ich soll verrecken«, sagt er.

»Stimmt«, entgegne ich.

Schweigen tritt ein, ungeschickt drücke ich die Zigarette aus. Ich versuche, nicht an den aufkommenden Brechreiz zu denken, sondern fixiere meine Zehenspitzen. Verlagere die fehlende Balance dorthin.

»Den Ventilator brauche ich wirklich. Ich komme um vor Hitze in dieser Bruchbude.«

Ich sage, er könne ihn haben, keine Sorge. Wir schweigen. Ich habe Lust, ihm alles zu erzählen, was mir passiert ist, aber ich kann nicht. Stattdessen seufze ich und frage, ob er die Vögel hört, die hier zwitschern. Er gähnt.

»Kann ich dich später zurückrufen? Ich bin gerade erst aufgewacht«, antwortet er.

Ich hänge auf, ohne mich zu verabschieden. Ich darf nicht zulassen, dass der Schneeball der Verachtung anwächst. Felipe ist der zusammengeschrumpfte Luftballon auf einem Kindergeburtstag, der nun verhutzelt in einer Ecke liegt, die Aufschrift »Ich hab dich so lieb« fast unleserlich. Ich lege mich auf die dürre Wiese, um den Puls zu beruhigen. Gallardo kommt, beschnüffelt mein Gesicht und legt sich neben mich. Er winselt. Ich verstehe den Gemütszustand dieses Hundes nicht. Mein Körper in der Horizontalen bringt ihn immer zum Weinen.

Maite kommt aus dem Haus und fragt, ob ich Butter für die Nudeln kaufen könne. Offenbar gibt es keine Abwechslung beim Menü. Morgen geht es zurück in die Hauptstadt, und schon jetzt haben wir keine Lebensmittel mehr. Wir haben dem Alten alles weggegessen.

»Ist nicht weit. Bloß zwei Ecken. Bitte«, beharrt sie.

Noch am Boden liegend erkläre ich mich bereit, und Maite setzt sich wieder zu Genaro, der sie ständig fragt, wer ich bin und was ich immer noch hier mache.

Rominas Laden ist nur zwei Ecken weiter. Das ist schnell

erledigt, so schnell, wie es mir die stählernen Beine gestatten. Gallardo kommt mit, denn er ist mein Hund, und ich bin seine Freundin. Diese Vorstellung gefällt mir. Um die Zeit ist niemand in der Gegend. Die Sonne ist eine Herausforderung, die Hitze ebenso. Ich fühle mich als Feindin von allem und jedem, was mit dem Sommer zu tun hat. Ein kleines Kind von vier oder fünf läuft nackt vorbei. Niemand kommt hinter ihm her. Zwischen ein paar Zwergbüschen verliere ich es aus den Augen.

Rominas Laden hat eine Holztür, die immer geschlossen ist. Die Regeln erfordern dreimaliges Klopfen, dann Warten. Gallardo sieht mich an und legt den Kopf schief.

»Vermisst du deinen Vater?«, frage ich. »Ich nämlich schon.«

Romina ist eine winzige Frau mit einem allzu ovalen Gesicht. Wie eine astronomische Umlaufbahn. Sie begrüßt mich nicht, fragt nur, was ich will. Das stimmt mich nachdenklich, denn das hat mich schon seit Langem niemand mehr gefragt. Romina wiederholt die Frage, und ich antworte, ein Stück Butter. Aus unerfindlichem Grund habe ich das Gefühl, dass ich mit dieser Frau nach Herzenslust plaudern könnte. Sie bringt mich zum Nachdenken und lässt zugleich durchblicken, dass sie beschäftigt ist und meine Anwesenheit sie stört. Das Geräusch der Kühlregale begleitet uns wie ein minimalistisches Orchester. Romina braucht eine Weile, bis sie hinter der Theke ist, aber man merkt, dass sie sich dort wohler fühlt. Sie braucht diesen Aufbau vor sich, um locker zu sein.

»Wie heißt der Hund?«, fragt sie.

Ich sage, Gallardo.

»Nach dem Muñeco?«

»Ja. Nach dem Trainer. Nicht dass ich den kennen würde, ich weiß gar nicht, was er geleistet hat.«

»Was er geleistet hat? Sieben Titel hat er gewonnen. Zweimal die Copa Libertadores, einmal die Sudamericana, dreimal die Recopa und einmal die Suruga Bank. Man nennt ihn Muñeco, weil er so klein ist und ein Gesicht hat wie ein teuflisches Püppchen. Dieser Hund bringt Glück. Pass gut auf ihn auf.«

Ich sage ihr, dass nicht ich den Namen ausgesucht hätte, sondern mein Exfreund. Romina wischt sich die Stirn mit einem Geschirrtuch und fragt:

»Ich habe drei verschiedene Buttermarken. Welche willst du?«

Jemand klopft an die Ladentür, und gleich bin ich in Alarmbereitschaft. Ich weiß nicht recht, warum, meine Haut ist wie Schleifpapier, und ich streiche mir das nasse Haar hinters Ohr. Vor dem Kühlregal für Joghurt und Wurstwaren betrachte ich mein Gesicht in der Scheibe. Gallardo stellt den Schwanz auf. Ich merke, wenn er unruhig wird. Romina geht zur Tür. Sie braucht ein Jahrhundert bis dorthin, und ich wünsche mir Lidias Arme um mich, die von Maite oder jemand anderem, den es nicht gibt. Hinter Romina erspähe ich das glatte Haar von Lara. Romina stößt einen Schreckensschrei aus, der als Glückwunsch zu deuten ist. Lara und Romina umarmen sich.

»Wie war es, Herzchen? Habt ihr's tüchtig krachen lassen?«, fragt Romina.

Lara entdeckt mich und läuft rot an. Sie antwortet, es sei sehr schön gewesen, sie habe Walzer getanzt und die Kerzen verteilt. Nun sei sie müde, aber zu Hause brauche man einiges, ihre Mutter habe sie geschickt, zum Zigarettenkaufen. Lara begrüßt mich mit einem Zwinkern, ich zwinkere zurück. Sie erzählt uns von ihrem entfesselten Vater, der früh am Morgen auf einem Motorrad einen Baum umkreist habe. Die Geschichte ist nicht lustig, doch wir kommentieren sie mit: na so was, wie verrückt. Gallardo schnüffelt an Laras Beinen, und sie streichelt ihn ganz leicht, redet mit ihm wie mit einem Baby, das noch nicht sprechen kann. Sie mag keine Hunde, weiß aber, wie man mit ihnen umgeht. Romina ist gerade erst wieder hinter die Theke zurückgekehrt, nach endlosem Schlurfen.

»Welche Butter soll's also sein?«, fragt sie.

Ich sage, das sei egal. Romina gibt mir die billigste, ich bezahle und stecke das Wechselgeld ein. Lara sieht mich unverwandt an, und ich versuche, so schnell wie möglich wegzukommen. Schon in der offenen Tür wünsche ich ihr alles Gute zum Geburtstag, doch sie bittet mich, auf sie zu warten. Ich traue meinen Ohren nicht, muss es aber und warte auf sie. Lara verlangt hundertfünfzig Gramm Wurst von Romina, das wird sicher dauern.

Ich setze mich auf einen Campingstuhl vor der Ladentür. Gallardo legt sich hin und schläft zu meinen Füßen. Opportunistischer Hund. Er soll jetzt nicht schlafen, also werfe ich einen Ast, und der Hund bringt ihn im Maul zurück, abertausendmal, so wie die restliche Hundewelt. Schließlich kommt

Lara mit ein paar Tüten heraus und zündet sich eine Zigarette an.

Ihr Make-up ist verschmiert, und sie trägt ein Top mit englischer Aufschrift. Ganz leicht streichelt sie den Hund, zieht einen Stift mit Kakaobutter aus der Shorttasche und streicht sie sich auf die Lippen. Sie fragt:

»Warum hast du ihn Gallardo getauft?«

Ich antworte, das sei nicht ich gewesen, sondern Felipe, mein Exfreund. So heiße ein Fußballspieler, der später Trainer geworden sei.

»Ach ja, der Muñeco. Und hat dir der Name gefallen?«

Ich verneine, aber Felipe habe den Hund mitgebracht, da sei nichts mehr zu machen gewesen.

»Und warum hast nun du ihn behalten?«, fragt sie.

Darauf weiß ich keine Antwort und blicke auf das Tier, das mit einer Fliege kämpft und sie anbellt. Lara sieht zu und lacht. Sie bietet mir von dem Lippenbalsam an, und ich lehne ab. Dieses Schweigen, seine Dauer, ist mir schleierhaft. Ich blicke mich um. Manche Häuser sehen leer aus, vielleicht sind auch die Leute drinnen leer.

»Gestern ist mein Papa mit dem Motorrad um einen uralten Baum gefahren. Gegen fünf Uhr morgens. Und dann hat er sich den Schädel angehauen. Den Teil habe ich Romina nicht erzählt. Er ist gestürzt und hat sich den Kopf aufgeschlagen. Mit meinem Bruder waren wir in der Ambulanz. Ich hatte noch mein Kleid an. Sie haben ihm die Wunde verbunden und gesagt, so einen Schwachsinn soll er nicht noch mal machen«, erzählt Lara.

Die Butter in meiner Hand wird allmählich weich. Ich sage Lara, sie solle mich entschuldigen, ich müsse wirklich los. Man erwarte mich zum Kochen.

»Ich will mit dir reden, Paulina«, unterbricht sie mich.

Es überrascht mich, dass sie mich beim Namen nennt. Bisher haben wir kaum ein paar Worte gewechselt.

»Geht es dir gut?«, fragt sie.

Ich bejahe, auch wenn mein Körper sich wie Pudding anfühlt und ich vor Angst zittere, Angst vor der Gegenwart wie vor der Zukunft. Weil ich sie nicht kontrollieren kann.

»Ich hätte mich gefreut, wenn du bis zum Ende des Geburtstags geblieben wärst, aber ich mache dir keinen Vorwurf. Hat es dir wenigstens bis zu deinem Aufbruch gefallen? Hast du das Video gesehen, erst die Kinder-, dann die Erwachsenenfotos? Na ja, erwachsen. Was man so erwachsen nennt.«

Ich bin verblüfft, weiß nicht genau, ob Lara wirklich mitbekommen hat, was gestern Nacht passiert ist. Ich antworte, die Fotos hätte ich gesehen, sie seien sehr nett gewesen.

»Willst du über das reden, was passiert ist?«, fragt sie.

Ich kann nicht antworten.

»Mein Bruder macht so was. Er hat Spaß dabei«, sagt Lara.

Ich kann nicht antworten. So was? Was meint sie?

»Mit mir macht er das auch.«

Ich kann nicht antworten. In Endlosschleife höre ich: Mit mir macht er das auch, mit mir macht er das auch.

»Ich weiß, wir kennen uns kaum, aber ich würde dich gern fragen, ob ihr jetzt wieder nach Buenos Aires zurückfahrt. Ich habe da eine Freundin und dachte …«

»Was hast du gedacht?«, frage ich.

»Dass du mich vielleicht hier rausholen kannst.«

Kaum habe ich das gehört, da überflutet mich ein Retter-syndrom, das mir vertraut vorkommt. Als hätte ich das schon oft empfunden, wie jemand, der sich in tiefe Gewässer stürzt und Leute vor dem Ertrinken rettet, weil er das kann, weil er jahrelang Sport getrieben und viel trainiert hat, um ein Hand-werk zu erlernen, das vor allem aus Heldenmut besteht.

Da kommt Romina aus dem Laden und zündet sich eine Zigarette an. Sie kneift die Augen zusammen und mustert uns ziemlich unverhohlen.

»Muñeeeeeco!«, ruft sie dem Hund zu und kommt sich lustig vor.

Ich lächele ihr zu und stoße Lara leicht an, damit sie mit mir losgeht. Gallardo kommt hinterher. Lara macht eine Ge-bärde, die besagt, dass sie Rominas Witz nicht verstanden hat. Wir fliehen.

Wie eine Frisur um den Kopf drapiert trägt Lara schon den Selbsterhaltungstrieb. Im Nu sind wir bei Genaros Haus, und Lara gibt mir für meine zerflossene Butter eine neue aus ih-rer Tüte. Wir tauschen Nummern aus. Dann entfernt sie sich durch die Büsche, zwischen denen es von einäugigen Katzen wimmelt. Beim Gehen wird sie immer jünger, als würde die Entfernung ihr Alter verringern, ihren Ausweis umschreiben.

Ich setze Wasser auf. Maite kommt und fragt, wie es mir gehe, und ich antworte, diesmal wolle ich kochen. Ich habe Lust, mit Siedepunkten und Gewürzen für Butternudeln zu improvisieren. Eine Hochstaplerin bin ich, wie ich mich da zur Nudel-Chefköchin aufschwinge. Aber egal. Etwas hat meinen Enthusiasmus wiederbelebt. Bald schon essen wir mit Genaro zu Mittag. Das wird unsere letzte Mahlzeit zu dritt sein. Der Alte hat nie begriffen, wer ich bin. Maite nutzt die Gelegenheit und erzählt ihm, wie wir uns kennengelernt haben. Es war an einem Morgen gewesen, wir schwitzten. Selbst die Sekretärin war noch nicht im Büro. Maite arbeitete seit ungefähr einem Jahr in dem Unternehmen, und ich war vor einem guten Monat gekommen. Maite rührte in der Küche in ihrem Kaffee, und ich schloss mich an und machte es ebenso. Wir rührten im Einklang, und bei der Löffelbewegung kam ich noch mehr ins Schwitzen. Maite lächelte mich an. Wir redeten über die Hitze. Über die Erderwärmung, darüber, wie wenig Zeit uns noch auf dem Erdball bleibe. Ich sagte, es sei lächerlich, dass wir keinen siedend heißen Kaffee trinken könnten. Wir lachten. Maite fragte, ob ich ein Eis wolle. Erst hielt ich das für eine verrückte Idee, aber dann bejahte ich. Zwar hatte ich nichts im Magen, doch ich würde mit dieser Fremden mit den winzigen Löckchen Eis am Stiel vom Kiosk zum Frühstück essen. Wir nahmen unsere Taschen und liefen hinaus, gingen zum erstbesten Maxikiosk und kauften Erdbeerwassereis, genau die Sorte, die wir als kleine Kinder immer gegessen hatten. Genaro erinnerte sich nicht mehr daran. Wie sollte er auch? Während wir das rosafarbene Eis schleckten, zogen wir über Susi her, die Sekretärin, und die Hitze wich ein wenig aus unseren Körpern. Wir fühlten uns erleichtert. Gleich darauf saßen wir wieder vor dem Bildschirm in unseren fensterlosen Büros. Bei diesem belanglosen Akt, den wohl niemand für wichtig gehalten hätte, nicht einmal Genaro, hatten Maite und ich uns kennengelernt.

In der Nacht, bevor ich im Bett die Augen schließe, hole ich den Laptop aus der Tasche. Ich versuche, keinen Lärm zu machen. Maite schläft schon seit Langem mit offenem Mund. In diesen Momenten des Schnarchens könnte ich schwören, dass sie Genaro ähnelt. Die Arme. Ich schalte den Laptop ein, und sofort wird mein Gesicht erhellt. Das Zimmer liegt im Dunkeln, darin mein leuchtendes Gesicht, wie ein höheres Wesen. Ich bin schläfrig, also steuere ich direkt die Pornoseiten an. Ja. Da seid ihr alle, lange nicht mehr gesehen. Nackt, bekleidet, in städtischer Umgebung, in Interieurs. Einfallsreiche, nervöse, leicht wirre Szenen. All diese Videos könnten ein gewaltiges Angebot für mich sein, ein Ausverkauf, den ich mir nicht entgehen lassen sollte, ja ich sollte mich beeilen, damit mir diese Bilder nicht aus den Händen gerissen werden, aber vergebens. Bei diesen aneinanderklebenden Körpern möchte ich am liebsten kotzen.

23.

Eine weiche Fahrtrage befördert mich vom Wagen ins Innere des Krankenhauses. Der Weg nimmt kein Ende. Die Räder drehen sich, unter mir kann ich den Rost hören.

Ich öffne die Augen einen Spalt und sehe Privatautos die Straße entlangfahren, Taxis und Linienbusse, die im Pulk darauf warten, dass die Ampel den Weg freigibt. Wieder bin ich umringt von Leuten, die mich ansehen wollen. War es nötig, dieses Spektakel zu veranstalten, damit ich endlich ihre Aufmerksamkeit auf mich lenke? Seit Stunden schon bin ich die Katastrophenshow. Vielleicht auch seit Minuten. Ich weiß es nicht mehr. Nach dem spärlichen Licht zu schließen, ist es immer noch Nacht. Endlich gelangen wir ins Krankenhaus. Dort gibt es Leute, die ihre Mäntel über dem Arm tragen. Atemschutzmasken, Klingeltöne, Wachleute.

Die Sanitäter sprechen miteinander, vielleicht auch ins Handy. Sie wiederholen noch einmal die gleiche Geschichte: Frau mittleren Alters, Auto auf der Straße überschlagen, Lebenszeichen, Frau mittleren Alters, Auto auf der Straße überschlagen, Lebenszeichen. Frau, Auto, Zeichen.

Meine Lider schmerzen, und die Kälte der Krankenhausklimaanlage sammelt sich in diesen Füßen, die ich nicht bewegen kann. Der rosige Mann war fortgegangen, ist jedoch zurückgekehrt. Er streichelt mir das Gesicht, hin und wieder auch den Kopf. Kann das etwas Gutes bedeuten? Jetzt durchqueren wir gemeinsam beige tapezierte Gänge mit Stillleben, Enten oder Wildblumen. Das könnte auch ein Teehaus sein, aber die Lautsprecher spucken Namen aus, Praxiszimmer, Untersuchungen. Gutiérrez, Zimmer vier. Moreno, Zimmer neun. Ferro, Zimmer eins. Kein Mensch würde glauben, dass ich kaum atmen kann, aber so viele Details wahrnehme. Doch ich nehme sie wahr. So bin ich: Ich befinde mich nicht in dieser Welt und sauge trotzdem alles auf wie ein Schwamm, ich könnte dem Reich der Pilze entstammen. Vom Boden aus nehme ich alles wahr, klar und deutlich.

Sie lassen mich allein. Die Trage bewegt sich nicht mehr. War das alles? Ich sehe die Fünfzehnjährige auf mich zukommen. Sie betrachtet mich aus der Nähe. Aus allzu großer Nähe. Sie spricht mit mir, aber was sie sagt, verstehe ich kaum. Ich kann nur einzelne Wörter bergen. Etwas über ein Haus, über den Autoreifen, den Hund, den Bruder. Alles geläufige Substantive. Jemand soll sie wegbringen, bitte, meine Ohren sausen, und ich verstehe nichts. Jetzt bringen mich zwei Sanitäter in einem Anfall von Panik und Dringlichkeit woandershin und schreien. Die Fünfzehnjährige kommt mir abhanden. Sie ist außer sich, das arme Ding. Herrgott noch mal, müssen alle so rausplatzen, in meiner Gegenwart? Der Rücken tut mir weh, irgendein bloßgelegtes lebenswichtiges Organ. Ich will sagen: Felipe, Felipe. Ich wünschte, jemand würde ihn anrufen.

Ich wünschte, er würde mich umarmen, auch wenn mich dieser vegetative Zustand in absolute Gefühllosigkeit versetzt hat. Ich will sagen, Felipe, aber stattdessen befestigen sie Schläuche an mir, lassen mich nicht atmen. Sie sedieren mich. Ja, ich bin sediert. Mir scheint, was jetzt geschieht, ist das Sediertsein. Ich sehe die Farben nun satter, und mein Körper wird schwer, sehe die Fünfzehnjährige, die mich mit flatternden Armen umkreist, lächelt und tanzt wie ein Profi in einem Musikvideo. Obwohl ich nicht weiß, ob sie wirklich hier ist. Alles strömt über in mir, und mich beschützt ein Ärzteteam, das ich kaum verstehe. Ich höre, was sie mir sagen:

»Mamita, du hast dir den Kopf angehauen.«

Eine Stimme spricht zu mir und sticht mehrmals in mich hinein. Ich kann nicht sehen, wer es ist.

»Hoffentlich kannst du später davon erzählen.«

Das ist das Letzte, was sie zu mir sagt, und fort ist sie. Ich glaube, sie schaltet den Fernseher ein. Ich höre Schreie, die ich nicht orten kann. Sie sind konstant, da ist ein Rhythmus, eine Art Synkope. Wie eine rollige Katze, aber nein. Eher menschlich. Ich hebe leicht den Kopf an, und es spannt im Nacken. Die Zimmertür ist geschlossen, doch das permanente Schreien dahinter hält an. Es ist eine Frau, natürlich, eine ältere Frau, ganz genau. Sie liegt bestimmt wie ich in einem Bett und hängt an Schläuchen in den Grundfarben, wie ich. Nun schwillt das Schreien an, die Frau ist ein echter Hooligan, sie gibt nicht auf, immer weiter und weiter. Ich mache darin Worte aus wie: Caaaaarla, Claaaaara. Etwas in der Art. Niemand antwortet. Kein Wunder, hier drinnen antwortet niemand. Ob sie träumt? Mich überläuft ein Schauder des Mitleids. Das Schreien hält noch ein paar Minuten an, bis es endgültig abbricht. Die Frau ist eingeschlafen. Vielleicht sollte ich das auch tun.

Mein Körper ist so schwer. Ich öffne die Augen, schließe die Augen. Das ist alles, was ich gerade tun kann. Ich will nicht schlafen. Im Fernseher mache ich eine Nonne aus, die zu Geigenzirpen vom Guten spricht. Zum ersten Mal an diesem Tag oder in dieser Nacht haben sie mich allein gelassen, in all diesen bleischweren Stunden. Oder Minuten? Der Hund ist nicht da, das Mädchen ist nicht da, Maite nicht, meine Mutter nicht, der rosige Mann nicht, Felipe nicht. Wieder allein, nein, bitte. Nicht schon wieder.

24.

RASENDE PANIK PACKT MICH

In Maites Jugendzimmer wird es Morgen. Sie liegt auf dem Bauch. Immer noch in tiefem Schlaf. Ich werde ihr nichts sagen, schlüpfe in die Hose und klaue ihr das Daffy-Duck-Sweatshirt, das sie sich auf der Abiturfahrt gekauft hatte. Der Schrank meiner einzigen Freundin reißt einen zurück in die Vergangenheit. Ich ziehe meine weißen Turnschuhe an. Versuche, leise zu sein: Ich gehe nicht, schwebe. Im gesprungenen Badspiegel mustere ich mich, mein Gesicht ist geschwollen. An dem Morgen sehe ich wie fünfzehn aus. Fünfzehn Jahre. Haarscharf.

Ans Gatter gelehnt, sauge ich an einem Mate. Ich bin noch nicht wach. Weiß nicht recht, wo ich mich befinde. Die einäugigen Katzen streifen weiterhin durch die Gegend, konnten nicht von ihren nächtlichen Kämpfen lassen. Ich streiche denen, die es mir erlauben, über den Kopf. Einer orangefarbenen Katze baumelt ein Stück vom Auge lose herab. Es sieht aus wie ein Jojo. Gallardo schläft noch. Ein Fliegenschleier schwirrt um seine Ohren.

Durchs Wäldchen sehe ich Lara kommen. Sie lächelt und lässt ihre Zähne blitzen. Sie ist so warm angezogen wie ich, trägt ein geblümtes Kleid und eine Jacke von ihrem Vater, oder ihrem Bruder? Bevor sie mich erreicht, stolpert sie und sieht mich verlegen an. Wir lachen. Sie begrüßt mich mit einem flüchtigen Kuss auf die Wange, den ich erwidere, und ich streiche ihr das dicke, glatte Haar hinters Ohr. Wir sagen nichts. Nichts sagen wir, saugen ein paar Minuten am Mate und rauchen eine selbstgedrehte Zigarette mit Vanillegeschmack, die ein kalorienreiches Frühstück ersetzt. Ich frage, ob jemand ihr Weggehen bemerkt habe, und sie versichert, nein.

»Die fünfzehnte Kerze habe ich meiner Mama gegeben«, erzählt sie. »Ich weiß nicht, ob du noch da warst. Du warst, glaube ich, schon weg.«

»Ja, ich war schon weg«, antworte ich.

»Seit Jahren redet sie nicht mehr mit mir. Trotzdem war sie gerührt. Redet aber nicht mit mir. Sie redet mit Felipe, nicht mit mir. Ich weiß nicht, ob es Ärger oder Verwirrung ist. Niemand versteht das, alle akzeptieren es. Aber sie war dankbar für die Kerze und für das, was ich ihr beim Überreichen gesagt habe. Sie hat sie in Händen gehalten, und dann ist sie ausgegangen. Es war die einzige Kerze, die ausgegangen ist. Meine Mama ist verkehrt herum gewachsen, wie eine Missbildung.«

Es verblüfft mich, wie sie die Wörter benutzt und wie viel ihre Lungen hergeben. Ich frage noch einmal, ob sie wirklich entschlossen sei, und sie bejaht. Sie holt ein Heft aus dem Rucksack und zeigt es mir.

»Das ist mein Schulheft. Hier benutzen wir Hefte, keine Ordner. Die nehmen weniger Platz weg. Gerade ist das Innere des menschlichen Körpers dran. Wenn du Zeit hast, kannst du dir ja ansehen, wie ich ihn gezeichnet habe. Stunden habe ich dafür gebraucht, und ich weiß nicht, ob es gut geworden ist. Ich brauche jemanden, der mir sagt, ob gut ist, was ich mache.«

»Über den Körper weiß ich nicht viel, aber in Ordnung«, entgegne ich.

Das Heft riecht nach Erdbeerdeo, nach diesen künstlichen, typisch jugendlichen Aromen. Ich verstaue Rucksäcke und Handtaschen im Kofferraum. Bevor ich ins Auto steige, sehe ich durchs Fenster in Maites Verjüngungsröhre. Es scheint ihr gut zu gehen, als wäre sie am richtigen Ort, als hätte sie nie fortgehen sollen. Von Weitem werfe ich ihr einen Kuss zu und schreibe ihr eine WhatsApp, in der ich ihr einiges erkläre. Handgeschriebene Zettel sind nicht mein Ding. Liebevoller wäre es, aber das Lied habe ich nicht mehr im Repertoire.

Wir steigen in meinen Peugeot. Es ist gegen sieben Uhr morgens. Ich glaube, Gallardo mag Lara. Sie gefällt ihm. Obwohl sie keine Hunde mag, streichelt sie ihn wie in einem endlosen Spiel. Ganz langsam entfernen wir uns von dem Landhäuschen in Quequén. Ich versuche, so wenig Lärm wie möglich zu machen. Die Sonne steht jetzt da oben, und gerade haben ein paar Spatzen zu zwitschern angefangen. Kreaturen vom Land laufen hinter uns her, als wären wir Prinzessinnen aus einem Kinderfilm, bloß sind diese Wesen nicht blau, kräftig und strotzend, sondern eher das Gegenteil: Es fehlen ihnen Körperteile, und ihre Tage sind gezählt.

Schon eine Stunde fahren wir jetzt schweigend auf einer leeren Straße. Es ist ein Wochentag, und in der Gegend sieht man nicht viele Autos. Die Straße ist nicht zweispurig. Mir fällt das Lied ein, das mir Maite auf dem Hinweg vorgespielt hat, und das scheint mir jetzt gut zu passen. Ich frage Lara, ob sie *Running scared* kennt, das heißt, *Rasende Panik packt mich.* Sie verneint. Ich erzähle, das sei nicht nur ein seltsames, packendes Lied, Maite finde es abstoßend und so anziehend zugleich, dass sie bei den ersten Akkorden tatsächlich losrennen will, wo auch immer sie sei. Wie eine Panikattacke, als wäre mit dem Titel schon alles gesagt. Maite hasst es, und zugleich ist es ihr Lieblingslied.

»Und worum geht es? Ich verstehe nur ein paar Brocken Englisch.«

Da übersetze ich es ihr, weil es bei mir inzwischen das Gleiche auslöst wie bei Maite und es mir das richtige Lied für diesen Moment zu sein scheint.

»Es geht so: Rasende Panik packt mich, wo immer wir sind, ich habe Angst, dass er auftaucht, ja, rasende Panik packt mich, was würde ich tun, wenn er zurückkommt und dich will? Rasende Panik packt mich, bin so down, rasende Panik packt mich, du liebst ihn so. Rasende Panik packt mich, ich habe Angst vor dem Verlust. Wenn er zurückkehrt, wen würdest du wählen? Und dann stand er plötzlich da, selbstsicher, den Kopf erhoben. Mein Herz wollte zerspringen. Er oder ich? Du hast dich umgedreht und bist mit mir gegangen. Weit weit weeeg.«

»Wie schön«, sagt Lara.

Und schon ist sie tief eingeschlafen.

Eine halbe Stunde fahre ich allein vor mich hin und betrachte ab und an Laras Profil, das ein Sonnenstrahl erhellt. Sie schläft wie ein Welpe. Am Straßenrand verkaufen sie immer noch Käse und hausgemachte Marmelade: Das weckt meinen Appetit. Lara redet im Schlaf. Sie sagt so etwas wie: Es geht mir gut, ich bin hier. So fahre ich ungefähr eine Stunde lang. Müde bin ich nicht. Die Gedanken kommen wie Musik, die nicht stört, eher im Gegenteil.

Dort oben ist ein Vogel unterwegs. Ich weiß nicht recht, was für eine Art. Seine Schwingen sind so gewaltig wie zwei Daunendecken. Er scheint immer näher zu kommen, aber ich bin mir nicht sicher. Als ich gleich darauf wieder hinsehe, ist er noch größer, und ich kann fast sein Gesicht ergründen. Den Schnabel, zwischen gelb und grün. Und die braunen Augen, die geradeaus blicken, aber in Wirklichkeit nichts ansehen. Sehen Vögel etwas an? Er scheint direkt auf uns zuzufliegen. Niedrig, aber unbeirrt, so schnell wie ein Niesen. Das Tier ist entschlossen, ob Taube oder Adler, es verfolgt einen festen Kurs, bis, ja, bis es frontal gegen die Windschutzscheibe prallt. Ein dumpfer Schlag, der mich enorm erschreckt. Aus der Ferne hätte ich schwören können, dass dieser Vogel kaum etwas wiegt, aber nein. Ich habe mich geirrt. Ich bremse scharf, die Reifen graben sich in den Asphalt. Lara fährt auf, der Hund ebenso. Sie stellt mir Fragen, die ich kaum beantworten kann. Auf der Straße ist niemand zu sehen. Der Vogel ist gegen die Scheibe geprallt, und darauf muss ich irgendwie reagieren, auch wenn ich nicht weiß, wie. Die Windschutzscheibe ist ganz geblieben, hat aber einen Sprung. Hindurchsehen kann man jedoch noch. Wir parken am Straßenrand, und Lara ist übel. Nur verständlich. Sie sagt, das komme vom Autofahren und dem Anblick der Taube. Dann übergibt sie sich lang und ausführlich. Gallardo winselt.

Ich muss den Vogelkadaver packen, benutze Zeigefinger und Daumen als Zange. Noch immer kann ich das Gewicht dieses Tiers nicht fassen. Es ist schwer und wieder nicht. Die Flügel sind Federn, die fast unsichtbar sein könnten. Das Herz des Vogels muss vor dem Sturz geplatzt sein. Vor Schreck. An der Scheibe klebt Blut. Die Taube oder Möwe ist riesig, wie eine Molluske oder eine zerquetschte Monsterkakerlake. Das Vieh ist tot und meine Scheibe gesprungen. Vogelimpressionen.

Ich werde das Tier am Straßenrand zurücklassen, werfe es weg, so weit ich kann. Es fällt in nächster Nähe nieder, sehr weit konnte ich es nicht von uns entfernen. Ich säubere mich mit Klopapier und Taschentüchern, die Lara in ihrem Rucksack hat. So gut ich kann. Dann benetze ich mir die Hände mit dem Wasserkanister aus dem Kofferraum. Ich trockne sie an der Hose ab. Wie widerlich. Ich schlage Lara vor, dass wir ein paar Worte für die Möwe sprechen, und sie ist einverstanden. Die Übelkeit lässt nach. Ich bitte sie, sich etwas auszudenken, und sie ist bereit dazu und sagt dem Tier ungefähr, wie sehr sie sein katastrophales Ende bedauere, aber bestimmt sei all das Fliegen in seinem kurzen oder langen Leben der Mühe wert gewesen, es solle dankbar sein, denn nur wenige wüssten, wie das ist, zu fliegen, denn das sei tatsächlich eine Kunst, nicht wie so vieles andere, das wie eine Kunst aussehen möge, aber in Wirklichkeit belanglos sei und niemals in die Geschichte eingehen werde. Dann stürzt sie sich in Theorien über Hoch- und Tiefflüge und wie vorteilhaft es sei, ein Tier zu sein und kein Mensch, einmal davon abgesehen, dass Tiere von uns gegessen würden. Über das Ungleichgewicht zwischen Mensch und Tier. Dass wir sie benutzten, nicht umgekehrt. Ich unterbreche sie und schlage vor, dass wir weiterfahren.

Lara umarmt Gallardo, als könnte der Hund sie retten. Vielleicht kann er das.

Wir steigen ins Auto, und Lara dankt mir. Sie sagt etwas, was ich nicht verstehe, und schläft dann gleich wieder ein, genau wie der Hund. Ich begreife nicht, wie sie sich so einfach entspannen können.

Was folgt, ist nichts als eine völlig freie Straße, die sich vor mir ihren Weg bahnt.

25.

ICH WERDE GUT ACHTGEBEN AUF UNSERE GESCHICHTE

Über fünf Stunden fahren wir auf einer einspurigen Straße. Mit hoher Geschwindigkeit überhole ich ein paar Autos. Ich bin eine gute Fahrerin. Lara ist seit einer Weile schon aufgewacht und gießt hinten Mate auf. Sie will nicht, dass der Hund dort allein ist. Unterdessen spricht sie von ihren Freunden und Freundinnen aus der Schule. Redet von Freundschaftsliebe. Ich höre aufmerksam zu: Bei dem Thema kenne ich mich nicht gut aus. Sie erzählt, ihre Freundinnen sagten ihr, ich liebe dich, und auch sie sage das ihren Freundinnen. Nur so ließe sich diese Liebe ausdrücken. Sie weiß, sie wird sie vermissen, doch wir verabreden, dass wir uns gemeinsam Gedanken darüber machen, wie sie mit ihnen in Kontakt bleiben kann. Und dass die Entscheidung, sich von bestimmten Leuten zu entfernen, nicht bedeutet, aus dem Leben der anderen zu verschwinden. Sie erzählt von Anabel Céspedes, ihrer erwachsenen Freundin, bei der sie in Buenos Aires wohnen könnte. Ich sage, sie könne auch bei mir bleiben. Anabel und ich könnten uns abwechseln. Die Idee begeistert sie, und mich ebenfalls.

Wir halten an einer Tankstelle, füllen Benzin nach, versorgen uns mit Limonade, Bonbons, Schinken-Käse-Sandwichs und Schokolade. Als wir wieder losfahren, wird es auf der Straße schon Abend. Wir reden viel über das Design der Werbeplakate am Straßenrand. Über die Lüge dieser privaten Krankenversicherung zu so günstigem Tarif oder dieser Mate-Marke, mit der man abnehmen und eine Figur bekommen soll, die man sich nicht einmal erträumt hätte.

Die Stadt ist nun nicht mehr weit. Lara und Gallardo schlafen wieder auf dem Rücksitz. Das scheint mir ein guter Moment zu sein, Felipe anzurufen. Bestimmt hat er mir nichts zu sagen, aber ich würde gern seine Stimme hören. Die ersten Lichter des Stadtzentrums in der Ferne erwecken in mir das Bedürfnis, ihn zu sprechen. Ich will ihm von den guten Neuigkeiten erzählen, dass ich ein Mädchen gerettet habe, dass ich einer Art Feuer entkommen, in einem verseuchten Becken geschwommen bin, dass Gallardo glücklich sein kann. Dass ich imstande bin, ein lebendiges Wesen aufzuziehen. Übers Telefon soll er von meinen jüngst erlangten Einsichten erfahren. Ich suche das Handy im Handschuhfach, finde es jedoch nicht. Ich werde nervös. Unbedingt muss ich diesen Anruf machen, jetzt, wo Lara schläft, und bevor es völlig dunkel ist.

Zwei glatzköpfige Fahrer streiten sich am Rand der Autobahn, ich sehe sie. Einer ist wütend, der andere nicht so sehr. Sie hupen einander an, doch das Geräusch geht im Lärm unter. Die Straße ist inzwischen Autobahn, und wir befinden uns in der Stadt. Unter der Brücke. Schon bin ich auf der großen Avenida. Ich atme den Rauch ein und sehe den Smog. Alles drängt sich hier zusammen. Ein Radfahrer macht einen Schlenker, verliert das Gleichgewicht, ein Motorrad versucht ihm auszuweichen und fährt bei Rot über die Ampel. Ein Mädchen läuft über die Straße, haarscharf am Motorrad vorbei. Ich muss bremsen, drücke das Pedal durch. Die Stadt empfängt mich mit ihrem Wirbel. Ich denke an Felipe. Zweierlei möchte ich ihm sagen. Seit einer Weile schon habe ich mir das überlegt. Es sind nur zwei Dinge, die ich ihm nie gesagt habe, und sie sollen aus meinem Mund kommen, einfach so, nur damit sie Klang werden: Ich liebe dich mit diesem Herzen, das ich hier drinnen habe seit meiner Geburt. Ich werde gut achtgeben auf unsere Geschichte.

Ich beuge mich etwas hinunter, nur ein wenig, so weit es mir der Sicherheitsgurt erlaubt, so hervorragend für mich verfertigt. Aber nein. Ich höre, wie Gallardo aufschreckt und jault, bellt oder mich vor etwas warnt. Ich hatte nicht gewusst, dass der Hund so etwas kann. Als ich aufblicke, kommt mir ein ähnliches Auto wie meines entgegen, vielleicht das gleiche, vielleicht dasselbe Auto mit denselben Insassen, Lara, Gallardo und mir. Eine Symmetrie, ein tödlicher Spiegel. Ich bin auf der falschen Spur, eben das ist passiert, und wer mir da entgegenkommt, ist im Recht. Ich bin die Fahrlässige, kann nicht lenken, und die Bremsen reagieren nur langsam. Der Hund beißt mir ins Hemd, nicht kräftig, so sanft, wie es seine Mischlingsfangzähne zulassen. Er will mir nicht wehtun. Lara schläft tief und fest, ein Glück, wenigstens das konnte ich ihr ersparen. Ich weiß, was geschehen ist. Habe alles gesehen, verstehe es. Es war meine Schuld, weil ich kein Gefühl für meine Grenzen hatte.

Ich liebe dich mit diesem Herzen, das ich in mir drinnen habe seit meiner Geburt. Ich werde gut achtgeben auf unsere Geschichte.

26.

Als ich die Augen öffne, überprüft der rosige Mann gerade
den Tropf. Er spricht mit mir, aber ich verstehe nicht, was
er sagt. Mein Gehör ist nicht mehr so scharf wie vorher. Ich
würde lieber zum Vorher zurückkehren. Der Klang ist ein Ge-
stalt gewordener Hydrometeor, eine Wolke. Nun verschwindet der Mann wieder. Das Krankenhauszimmer erhält klarere
Umrisse. Es kommt mir bekannt vor.

Ob es die Farben sind? Soweit ich weiß, habe ich noch nie
im Krankenhaus gelegen. Die Zimmertür ist einen Spalt geöffnet, und ich kann mit etwas Mühe das Krankenhauslogo
erkennen. Klar, es ist kein Krankenhaus, sondern ein Ärztezentrum. Ein blauer Kringel mit dem Buchstaben C in der
Mitte. Sagt mir etwas.

Eine Frau in einer roten, ausgeleierten Jacke geht vorbei.
Sie schiebt einen Wagen voller Tabletts mit Mittagessen,
Frühstück oder Kaffee. Keine Ahnung, wie spät es ist. Die
Frau kommt in mein Zimmer und mustert mich, als würde sie
mich wiedererkennen.

»Wie geht es, Mamita?«

Die Manie dieser Leute, einen mit dem Diminutiv von
Mutter anzusprechen. Ich blicke auf das Schild an ihrer Bluse
und lese, Carmen. Natürlich. Bei unserer letzten Begegnung

war ich noch unberührt von Autounfällen, und sie hat mich geschubst und ich sie, aufgrund einer Abneigung, die wir nicht einmal begriffen. Ich bin im CIEM, dem Ärztezentrum des Viertels, in dem, für das sich alle entscheiden. Ich fühle mich sicher. Glaube ich.

»Mamita, setz dich auf, dann messe ich deine Temperatur.«

Ich richte mich auf. Fixiere sie. Hoffe, dass sie sich an mich erinnert.

»Sechsunddreißig zwei. Kein Fieber, zum Glück. Bist du allein?«

Ich versuche zu antworten, und meine Stimme scheint es zu geben. Ich weiß nicht, wie lange ich schon hier bin, rede einfach los:

»Allein hier oder im Leben?«

Die Stimme kommt heiser heraus, als finge sie von null an, käme aus dem Nichts.

»Beides«, entgegnet sie.

»Ja, allein hier.«

»Und im Leben?«

»Nein, ich weiß nicht.«

Carmen sagt nun, ich solle den Arm ausstrecken, damit sie den Blutdruck messen kann. Die Manschette um meinen Arm bläht sich auf und tut mir weh.

»Ein bisschen hoch, Mami, wird der Schock sein. Kein Grund zur Beunruhigung.«

Ich frage, ob sie sich an mich erinnere.

»Erinnerst du dich an mich?«

»Natürlich erinnere ich mich. Du hattest hier vor einiger Zeit einen gynäkologischen Termin. Damals war ich noch nicht Krankenschwester. Am Ende haben wir uns gebalgt. Du bist seit ein paar Tagen hier, Liebes, und ich habe mich an dich erinnert.«

Carmen lacht. Ich versuche es auch, aber der Schmerz hindert mich daran. Doch gelacht hätte ich.

»Ich sehe, dass es ein böses Ende mit dir genommen hat, Mamita«, sagt sie.

»Ich sehe, dass deines nicht besser ist«, sage ich. Carmen lacht wieder.

»Willst du immer noch Mutter werden?«, fragt sie, während sie meine Laken richtet, damit sie nicht seitlich herunterhängen. Ich antworte nicht, und da erklärt sie mir, wie sich mit der Fernbedienung das Kopfteil heben und senken lässt. Ich danke ihr, auch wenn ich die Erklärung nicht verstehe. Ich frage:

»Hat das mit ›Mamita‹ einen bestimmten Grund, oder ist das so üblich hier?«

»Es hat seinen Grund, hat seinen Grund«, antwortet Carmen und wechselt sofort das Thema. »Ich rufe Eduardo, damit er dich unterhält.«

Ich frage, wer Eduardo sei, und sie antwortet nicht, sondern tippt etwas in ihr Handy. Sie sagt, ich müsse mir keine Sorgen machen. Es werde alles gut, und sie lacht in sich hinein. Da kommt ein Arzt ins Zimmer, als Clown verkleidet. Ernst sieht er mich an, Carmen ebenso. Es ist eine schwache Verkleidung, bloß zwei Requisiten einer Karnevalsparty. Eine

violette Nase und eine schwarze Lockenperücke, wie eine Art
junger Diego Maradona. Eine weiße Schürze, ein Schild mit
Namen EDUARDO und eine Arztnummer. Wir drei sehen
uns einen Moment lang an. Dieser Karnevalsauftritt nimmt
mir tatsächlich die Angst.

»War das hier?«, fragt Eduardo.

Ich antworte, wohl eher nein, aber er könne tun, was er
wolle. Eduardo starrt uns an, und Carmen lacht.

»Reingefallen!«, sagt Carmen. »Komm, wir müssen in
den siebten Stock.« Und zu mir sagt sie: »Pass auf dich auf,
Mami, du brauchst keinen Clown.«

Beide verlassen das Zimmer plaudernd. Eduardo winkt
mir zu. Ich weiß nicht, was sie reden. Das ist das Normalste,
was mir in letzter Zeit passiert ist. Wieder bin ich allein im
Zimmer und sehe aus dem Fenster, ob diesmal wirklich etwas
geschieht.

Es muss sehr früh sein. Der weiße Rauch des Morgens wir-
belt umher. Maite schläft im einzigen Sessel in meinem Zimmer im Ärztezentrum, dort, wo die Gäste ausruhen oder ein
wenig über die Worte nachdenken können, die sie den Kran-
ken sagen werden. Der rosige Mann kommt herein und blickt
Maite zärtlich an. Er geht zu mir, den Finger an den Lippen,
will sie nicht wecken. Heute Morgen ist mein Körper steif.
Der rosige Mann legt mir die Hand auf die Schulter und ges-
tikuliert, als könnte ich begreifen, was er meint. Was ich nicht
tue. Meine Füße reagieren nicht, aber der Schmerz ist we-

nigstens fort. Ich möchte sagen, Felipe, aber wieder will die Stimme nicht hinaus, wie bei einem Albtraum aus der Kindheit, in dem Reden oder Gehen unmöglich ist. Meinen Körper spüre ich höchstens mit den Händen unter der Decke. Ich bin nackt. Am meisten beunruhigt mich an diesem verletzlichen Zustand, ob sie die tiefrote Farbe zwischen meinen Beinen entdeckt haben, diese anomale Scham, diesen ungewöhnlichen Intimbereich. Ich färbe mich nicht, Herrschaften, ich bin so.

Ob Gallardo in guten Händen ist? Es lässt sich unmöglich herausfinden, was aus dem Tier geworden ist. Ich stelle mir vor, wie er auf dem Boden von Maites Zweizimmerwohnung liegt, mitten im Microcentro, und einen ganzen Nachmittag lang winselt, weil er mich vermisst oder sich nicht mehr Herr über einen Ort fühlt. Gallardito, Protagonist der frisch gesprengten Plätze, des öffentlichen Raums, des Rasens von Buenos Aires, der internationalen Turniere, treuer Botschafter seines Landes.

Der rosige Mann fährt fort mit dem Gestikulieren und Lächeln. Offensichtlich habe ich ihn erobert, und das steigert meine Abwehrkräfte. Maite wacht gerade auf, sieht mich an und lächelt, als würde ihr Gesicht aus den Fugen geraten. Sie kommt zu mir. Ich glaube, das heißt, wir sind beste Freundinnen. Jetzt erscheint Lidia in der Tür, mit einem riesigen roten Plüschkaninchen. Ich verstehe nicht, wie diese Frau meine Mutter sein kann, aber was soll's. In Krankenhäusern geht es um alles, nur nicht ums Verstehen. Sie legt das Plüschtier auf einen Tisch. Das Kaninchen sieht mich an, seine Aufschrift fordert: »Gute Besserung!« Der rosige Mann, Lidia und Maite unterhalten sich. Sie umringen mich, als wäre ich ein Lagerfeuer. Vielleicht bin ich das.

Die Schreie der Zimmernachbarin reihen sich wieder in die Hintergrundgeräusche ein. Wir alle hören sie, niemand antwortet. Ich raffe mich zu einer Frage auf, und tatsächlich, meine Stimme kommt hervor. Da ist sie, meine Stimme ist zurück, ich hatte sie ganz vergessen.

»Was da so schreit, ist das eine Frau oder eine Katze?«

Nun sieht der rosige Mann mich zärtlich an. Was ich auch sage, es verdient seinen Beifall, zumindest in diesen ersten Momenten, in dem mein Anblick ihm nichts als eine junge, benommene Frau bietet. Aber vor allem jung. Er erzählt uns die Geschichte der Zimmernachbarin, einer Frau, die vergessen hat, wer sie ist und wo sie sich befindet, die jedoch tagtäglich einen Namen schreit, und niemand weiß, wer das ist oder war, und die Frau ebenso wenig.

Ich stelle mir Lara vor, die im Krankenhausfahrstuhl weint, während ihr Bruder sagt, sie solle aufhören. Lara, die sich vom Ärztezentrum entfernt und nicht recht weiß, warum. Lara, die nach Hause zurückkehrt, nach Quequén, mit einem verbundenen Arm und zerschrammten Beinen. Lara, die im Auto ihres Bruders aus dem Fenster sieht und sich als Protagonistin einer Geschichte fühlt, die niemandem etwas bedeutet. Ich stelle mir auch Felipe vor, zum Beispiel, wie er auf einem Kunstrasenplatz ein Tor schießt und plärrt wie eine Unke, anstatt loszurennen und zu schreien wie jeder normale Sterbliche.

Ich richte mich im Bett auf, nach dem Sitzen hatte ich mich gesehnt. Dann sehe ich mir meine Beine an und erkenne sie wieder, sie haben eine beneidenswerte Farbe. Wenn etwas wirklich strahlt, dann diese beiden Beine, die sich an meinen Rumpf anschließen. Der Fernseher läuft noch immer.

Auf dem Bildschirm beschwert sich jemand über irgendetwas, blickt ernst in die Kamera, mit einem Mikro vor dem Mund und einem Kopfhörer im Ohr. Im Studio des Senders wird diese Beschwerde erhört. Der rosige Mann untersucht meine Brauen, die Nase, das Haar. Nimmt jeden Bereich fest in den Blick, was mir etwas unbehaglich ist. Maite und Lidia halten einander umfasst: Sonderbar, doch ich sehe sie gern gut gelaunt. Die Frau nebenan schreit immer noch das einzige Wort heraus, das das völlige Vergessen ihrer Vergangenheit überlebt hat. Es gelingt mir, aufzustehen, und ich gehe ins Bad.

Das Badezimmer ist ein luxuriöses Etwas, wie ich es bisher nur aus Filmen von allzu fernen Orten kenne. Ich betrachte mich im Spiegel, und mir gefällt, was ich sehe. Eine Frau mit Kratzern, eine, die von Neuem beginnt. Ich hebe das Nachthemd an und betrachte meinen Körper. Mir gefällt der Rumpf, der Unterleib, dieses Dreieck, das die Brüste bilden, wenn ich sie von der Seite ansehe. Nichts weiter tue ich, betrachte mich nur.

Ich kehre ins Zimmer zurück, und mein Bett ist noch immer da. Nun werde ich mich wieder entspannen müssen. Ich bin bereits außer Gefahr. Na ja. Außer Gefahr bin ich nie. Da kommt Carmen ins Zimmer, samt einem Tablett mit Kürbisbrei und gekochtem Huhn.

»Nichts davon ist gesalzen, Mamita«, sagt sie, als sie das Tablett vor mir abstellt.

Ich verstehe den ganzen Rummel um mich herum nicht. Die Leute unterhalten sich, lachen, wischen sich Speichel aus den Mundwinkeln. Als wären sie auf einer Geburtstagsfeier und probierten gerade den neuen Schwung Sandwichecken. Sie fühlen sich verpflichtet, Anekdoten über mich auszutauschen. Lidia erzählt von meiner seltsamen Pigmentierung, dieser Entdeckung, die sie eines Nachts beim Fernsehen gemacht habe, als ich nur wenige Jahre alt gewesen sei. Maite lacht, weil sie nicht allzu viel begreift. Lidia und Maite machen den Eindruck, als wären sie seit Ewigkeiten befreundet. Der rosige Mann gibt Unfallstatistiken zum Besten, als hätte ihn jemand darum gebeten. Lidia staunt über alles, was aus dem Mund des rosigen Mannes kommt, dessen Glatze nun entblößt ist, seine Augen sind himmelblau, grün oder gelb. Maite sieht ihn begehrlich an: wie zu erwarten. Der rosige Mann bemerkt Maites Begehren nicht und richtet seine Augen wieder auf meine Augen oder auf meine Nase. Er überprüft, ob der Schlauch, der mich mit dem Tropf verbindet, noch an Ort und Stelle ist. Und weiter hinten, immer noch gebannt von dieser Versammlung quirliger Menschen, sieht Carmen mich zärtlich an, verabschiedet sich und geht wieder hinaus auf den Gang, wie eine Flugbegleiterin mit ihrem Essenswägelchen oder eine Frau, die einen Einkaufswagen durch einen großen Supermarkt schiebt und nicht recht weiß, was tun oder wohin sich wenden. Jetzt redet Lidia über die Konstellation der Planeten am Himmel. Über mein Sternzeichen, meinen Aszendenten. Sogar über das Neuste vom Vollmond. Sie lachen schallend. Auch ich lächele. Mag ich die Leute? Ich mag die Leute. Lidia nimmt den rosigen Mann beim Arm, als wäre er ein alter Bekannter. Der rosige Mann sieht wieder zu mir, als bäte er um Gnade. Als bäte er mich, dass es, bitte, ein Comeback geben solle. Ich senke die Lider. Wieder lachen sie schallend. Da ist all das, was ich mir selbst werde sagen müssen, wenn sie fort sind. Diese Geschichten, die ich mir ausdenken werde, wenn ich allein durch die Straßen gehe. Es mag ungerecht sein. All diese üppig verschwendete Wertschätzung gegenüber Fremden, aus denen ich Genies mache. Aber es ist gut so. Mir gefällt, dass sie hier sind. Sie sollen nicht fortgehen. Lasst mich nicht allein, bitte.

27.

AUSSERGEWÖHNLICHE
EREIGNISSE

Ich fahre nicht mehr Auto. Lieber lasse ich mich mitnehmen. Ich mag es, wie die Fahrer den Hals nach den Ampeln recken und den Akt des Lenkens von der Unterhaltung trennen. Privilegierte Leute, die dem tiefschürfenden Gespräch im Fahrzeug folgen können, während sie da unten die Füße an- und entspannen, im Bewusstsein, dass sie sich überschlagen könnten, doch überzeugt, dass so etwas nicht ihnen passiert, sondern anderen. Also fahren sie dahin, frei und leicht, mit Sonnenbrillen und hellen Hemden, den Arm aus dem Fenster hängend, mit gültigem Fahrzeugschein.

Es ist Freitag, und wir sind früh aufgestanden. Gallardo wedelt auf dem Balkon mit dem Schwanz, weil er eine Taube gesehen hat. Ich betrachte meinen nackten Oberkörper im Badspiegel, um zu sehen, ob etwas nicht mehr an der richtigen Stelle sitzt, aber nein. Ich bin noch da. Ich betrachte den Gips am linken Arm, denn der wird mir allmählich schwer. Gern jammere ich darüber. Wer auch immer mich anruft oder mir begegnet, dem sage ich: Grauenhaft, ich halte es nicht mehr aus. Bis sie ihn mir abnehmen und ich ein anderes Ärgernis finden muss, damit ich weiter jammern kann, ob per Telefon oder von Angesicht zu Angesicht. Jede Nacht vor dem

Schlafengehen sehe ich mir die Zeichnungen auf dem Gips an. Manche von Lidia oder Carmen, viele von Maite und Lara und eine von Felipe, die ich nicht verstehe. Manche mit Kugelschreiber, andere mit Edding. »Gute Besserung, Paulina.« »Paulina, halt still!« »Vielen Dank für alles, Mamita.« All diese Phrasen bilden etwas Fürchterliches, das aus Zuneigung besteht. Schlampig und dreckig, wie alles, was bleibt.

Eine Nachricht von Lara kommt herein, und ich will ihr unten aufmachen. Mit Gallardo nehme ich den Aufzug. Darin begegnen wir dem Nachbarn aus dem sechsten Stock, dem Mann, der mit sich selbst redet. Er sieht mich an. Ich teile ihm mit, dass wir ins Erdgeschoss fahren.

»Was für eine Hitze«, sage ich.

Er entgegnet, ja, furchtbar sei das.

»Haben Sie noch Ihren Hund?«, frage ich dann.

Er antwortet, nein, nicht mehr.

»Der Arme. Ist er gestorben?«

Er antwortet mit einem schneidenden Ja.

»Und Sie sind noch am Leben? Ich dachte, Sie wären tödlich mit dem Auto verunglückt«, gibt er zurück.

Kaum sind wir unten, da sehen wir Lara, die mich hinter der Glastür erwartet. Sobald ich geöffnet habe, verschwindet der Nachbar im weißen Dunst der Stadt. Lara und ich umarmen uns fest, bis zum Ersticken. Gallardo springt, bellt, winselt, jault, beißt. Alles, was auch die Menschen tun, nur vorsichtiger und eins nach dem anderen.

Am Rückspiegel von Laras 99er Golf hängt ein Bildchen des Heiligen Christophorus. Mein Blick bleibt daran hängen. Lara sagt, das sei der Schutzheilige der Reisenden. Sie lacht, und ihre Backen werden rot. Wir fahren mit dem Wagen, den sie von ihrem Vater geliehen oder geklaut hat, um nach Buenos Aires zurückzufahren. Ich frage, ob ihr das Fahren keine Angst mache, und sie sagt, im Gegenteil. Jemand anderem könne sie nicht mehr vertrauen. Das leuchtet ein. Wir blicken nach vorn und sagen keinen Pieps. Lara parkt in einer Avenida, und wir steigen aus. Gallardo ist nicht angeleint und läuft wie verrückt mit heraushängender Zunge herum. Lara sagt ihm, er solle in der Nähe bleiben. Wir gehen ein Stück, suchen die Adresse, die ich auf dem Handy notiert habe. Ich umarme Lara noch einmal, so gut es geht. So weit es mein unbeschädigter Arm erlaubt.

Sieben Miniaturhunde, die Gallardo aufs Haar gleichen, bei-ßen einander. Ihre Krallen sind so groß wie ihre Zähne, und sie treten sich gegenseitig auf die Ohren. Eine Mischlingshün-din unterzieht sie einer Komplettreinigung, leckt ihnen den Kopf und schüttelt sie auf dem Boden hin und her, während sie Gallardo beschnüffelt. Gallardo beschnüffelt sie ebenfalls, dann auch die Kleinen, die kaum richtig bellen können. Alles geht bei ihnen über Schnauze und Geifer, während sie sich auf einer Yogamatte wälzen, die ihnen die Eigentümerin der Hündin für ihr Körbchen geschenkt hat. Wir sitzen alle auf dem Boden dieser Wohnung in einem südlichen Viertel. Der

Tag geht zur Neige, und die ersten kühlen Nächte sind schon da. Im Fernsehen laufen die Abendnachrichten, und auf dem Bildschirm sind Menschen zu sehen, die über etwas jammern. Ich weiß nicht, ob über das Klima, die Kriminalität oder die Zukunft. Bestimmt über die Zukunft.

Die Eigentümerin der Hündin entschuldigt sich und verlässt das Wohnzimmer, weil sie einen Anruf machen muss.

Aus der Ferne ist sie kaum zu hören. Sie lacht mit jemandem. Wir bleiben mit den Welpen zurück. Jetzt sind wir für sie zuständig. Lara filmt sie mit ihrem Handy. Sie beklagt sich über die schlechte Handykamera, hört aber nicht auf mit dem Filmen. Dann lädt sie die Aufnahmen in den sozialen Netzwerken hoch, als wären sie ihr einziger Schatz. Einer der Welpen beißt mich in den Zeigefinger, bis es wehtut. Bei anderer Gelegenheit hätte ich ihn endlos verflucht, aber heute will ich nicht. Gallardo fühlt sich so wohl, so entspannt, als könnte er jeden Moment einschlafen. Ich hänge fast fanatisch an dem Hund, den du mir geschenkt hast, Felipe, also danke. Willst du einmal vorbeikommen und sehen, wie ich mir mein Leben eingerichtet habe?

Lara und ich sehen den acht Hunden lange zu. Wir wenden nicht den Blick von ihnen, als könnten wir sie durch Telekinese zum Fliegen bringen. So lange sehen wir sie an, bis uns jedes Begreifen abhandenkommt. Und eben das wollen wir. Die Welpen gähnen. Die Hunde schlafen. Wir verlieren den Verstand.

Gute Nacht.

INHALT